SHORT CLASSICS
短经典精选

THE SADNESS OF BEAUTIFUL THINGS
——— Simon Van Booy ———

美好事物的忧伤

〔英〕西蒙·范·布伊 著 郭浩辰 译

人民文学出版社
PEOPLE'S LITERATURE PUBLISHING HOUSE

著作权合同登记号　图字 01-2023-0193

Simon Van Booy
THE SADNESS OF BEAUTIFUL THINGS

Copyright © Simon Van Booy, 2018
This edition arranged with CONVILLE & WALSH LIMITED through Big Apple Agency, Inc., Labuan, Malaysia.
Simplified Chinese edition copyright © 2023 by Shanghai 99 Readers' Culture Co., Ltd.
All rights reserved.

图书在版编目(CIP)数据

美好事物的忧伤/(英)西蒙·范·布伊著;郭浩辰译.—北京:人民文学出版社,2023
(短经典精选)
ISBN 978-7-02-017925-1

Ⅰ.①美… Ⅱ.①西…②郭… Ⅲ.①短篇小说-小说集-英国-现代 Ⅳ.①I561.45

中国国家版本馆 CIP 数据核字(2023)第 053622 号

总 策 划	黄育海
责任编辑	朱卫净　骆玉龙
出版发行	人民文学出版社
社　　址	北京市朝内大街 166 号
邮政编码	100705
印　　刷	凸版艺彩(东莞)印刷有限公司
经　　销	全国新华书店等
开　　本	890 毫米×1240 毫米　1/32
印　　张	5.25
字　　数	97 千字
版　　次	2023 年 5 月北京第 1 版
印　　次	2023 年 5 月第 1 次印刷
书　　号	978-7-02-017925-1
定　　价	59.00 元

如有印装质量问题,请与本社图书销售中心调换。电话:010-65233595

SHORT CLASSICS
短经典精选

目录

001	牺牲
015	绿毯子
032	玩洋娃娃
060	鸽子
072	搭便车
081	最悲伤的真爱故事
095	守门人
108	不死
154	致谢

前　言

本书收录的故事大多改编自我在旅途中听说的真实事件。

——西蒙

有人紧抓欢乐不放

反将展翅人生毁光；

也有人亲吻飞逝的欢乐

活在永恒日出时刻。

——威廉·布莱克

牺　牲

那场大火前，没有人关注麦克鲁琴一家。他们只是不习惯住在城里罢了。麦克鲁琴家的孩子们吵吵嚷嚷，蓬头垢面，一行五人并排走在人行道上，还一边嘲笑老人，一边冲别家的小孩喊蠢话。

麦克鲁琴夫妇十几岁就结婚了。婚礼是在马林加城外的石头教堂里办的。玛吉年纪轻轻就当了新娘，即便按照乡下的标准来看也还是年轻。她一袭白衣，打着赤脚，全神贯注地听着神父讲话，但没真正听进去。

新郎的母亲送给她一件银饰，她便戴在脖子上。新郎和友人一块儿到场，一只耳朵上挂着个金环，一身深色西装，衣袖略长，盖过了指关节。

他们骑着栗色的马而去。

身为麦克鲁琴家的孩子，就必须了解这段往事的每个细节。

"只不过是时间问题罢了……"有时，母亲把他们抱上床后会说，"你们注定有一天会坠入爱河，一个接着一个，就像一排瓶子被撞倒,从墙上跌落。"

他们搬到了道格拉斯村,因为那儿有所出了名的好学校。麦克鲁琴夫妇梦见孩子们日后出人头地。可后来,他们的房子在一场大火中烧毁。

有人说引发火灾的是一支香烟,抑或是使用烤箱时无人看守。也有人认为是风吹动蜡焰点燃了网眼窗帘。

道格拉斯已经有三十年没发生过这么大的火灾。这条街被封锁起来,路面上摆着橙色的警示锥。邻居们也按照吩咐挪走汽车,远离现场。麦克鲁琴一家人穿着睡衣,齐刷刷地站在闪闪发光的柏油路上。消防队员们拿着水管和梯子奔跑着,奋力拯救其他房子。

玛吉·麦克鲁琴当着大家的面哭了。丈夫一年前给她买保险的钱已经给了牙医。女儿的牙齿长得歪歪扭扭,在学校遭人笑话。

孩子们分散到好几个邻居家借宿,因为没有哪户能同时住下这七口人。次日清晨,焦黑的、滴着水的物件被从他们家抬到了街上。警察竖起栅栏不让人进去。最年幼的孩子慌乱逃跑时把洋娃娃落下了,所以一名消防检查员下班后专程回来寻找,但他口袋里正揣着一个新的娃娃,以防万一。

距火灾发生一个月后,一队施工卡车一大早便缓缓驶上街道,停在了烧焦的废墟外。栅栏已经拆掉了。从科克郡来的工人、从都柏林来的工程师们带着图表、相机还有黄色和橙色的特殊设备,穿着靴子沉缓地四处走动。

麦克鲁琴一家住在教会名下的一间平房里，平房位于采石场附近——这地方已空置多年，潮气弥漫。但好在不用交房租，定期参加弥撒即可。

麦克鲁琴家的孩子们在学校听说施工队来了，梯子都架好了，还只当是笑话呢。终于，建筑部门的一名女官员出现在他们的平房前。得先签字才能开始施工。

起初大家都认为是教会从罗马请来了援手，是教皇本人布施了恩惠。但一名建筑工人喝茶休息时讲，其实是一位不愿透露姓名的邻居通过都柏林的律师做了这一切。麦克鲁琴夫妇只需挑好瓷砖，选好油漆，找好心仪款式的地毯就行。

几年来几乎从未离开过壁炉的狗，现在每天都被拖出去绕街区遛上几圈。人们对八卦的渴望是不知餍足的。几个邻居假装知道那位好心人的身份，可已经发过誓要保守秘密。周五夜里，从酒吧迟归的丈夫们叫醒妻子，让她们坦白是否私藏了小金库。

最终街上还是有人发现了。是一个叫佩妮·卡尔的女人，因为种菊花而为人熟知。

事情是这样的。

火灾后大约十二个月，麦克鲁琴一家搬进了重建好的家。他们开派对，邀请了邻居、警卫、消防队员、神父，甚至还叫上了一些建筑工人。所有人都要脱鞋，麦克鲁琴家最年幼的孩子负责在前门入口处把鞋子按照大小顺序摆好。

据传，捐助者的身份将在派对上揭晓，因此整条街的人都挤到了麦克鲁琴家。大家喝着酒吃着东西唱着歌，有些人还带了狗来，孩子们赤着脚在新地毯上跑来跑去。

唯一没来的人名叫凯蒂·奥唐纳，家住七十七号。她病得不轻，大部分时间都躺在床上，开着电视喝热饮。

她是本地人，在不远的科克市长大，婚后随丈夫搬到道格拉斯。丈夫死后，她便独自一人生活。

麦克鲁琴家举办乔迁派对后的那天，佩妮给她年迈的邻居带了些蛋糕过去。她们聊的大多是爱尔兰的新闻和天气，相谈甚欢。老妇人不停揉抚着佩妮的手。

"来看你的人多吗，奥唐纳太太？"

"不太多。现在只剩我一个人了。"

佩妮的丈夫白天要上班，女儿在都柏林念大学，所以她决定几天后再过去一趟。她先打了电话。凯蒂说，拿花盆下的钥匙开门进来吧。

静止的灰白光线从年久泛黄的精致蕾丝窗帘渗入，洒满了前厅。奥唐纳太太说，窗帘是在她结婚时挂上的。屋里还有一些她丈夫的照片，用漂亮的相框装着，看起来跟凯蒂记忆中一个样，他们曾共度漫长而幸福的一生。确实是一段美好的人生啊,比大多数人的都要好。凯蒂心里清楚,也为之感恩。

这位邻居成了她的常客。一天,凯蒂猛然坐起,把茶杯打翻了。杯子没碎,但是地毯湿了。佩妮蹲下,尽力用手巾吸水。

"其实,你知道吗……"奥唐纳太太说道,她的邻居正在用力擦拭污渍,"是我出钱给麦克鲁琴家盖房子的。"

佩妮笑了。"是你吗,凯蒂?"

"对啊。"

"我怎么都猜不到会是你。"

"那现在你就知道啦。"

"你是这条街上的隐形富豪?"

"没错。"

佩妮抬起头,怀疑这位老妇人是不是昏了头。"钱放在哪里?床垫下面?"

"在镇上,锁在银行里妥善保管。"

等到佩妮认为污渍已经看不太出了,她便停止擦拭,把毛巾放在托盘里,起身下楼。

"我没开玩笑,佩妮,你能答应我不说出去吗?"

"呃,凯蒂,如果你就是那位隐形富豪,你至少得告诉我,你怎么会有这么一大笔钱。你中彩票了,是不是?"

"你真的想知道吗?"

"是啊。"

"说来话长,而且还是个悲伤的故事,所以……"

"我洗耳恭听,凯蒂。"

"要不等你下次来再说吧。"

佩妮有些尴尬地笑了。"如果你愿意的话,我可以做点午饭,吃完你再告诉我好吗?"

奥唐纳太太忍不住了。"你是怕我这身子骨等不到你下次过来吗?"

她邻居的脸颊发烫了。

"明年春天我就满九十二岁了,佩妮。"

"我知道,真高寿啊,真的。"

佩妮打开一罐汤,倒入银锅加热,然后扫视了一圈凯蒂的东西,看看有没有什么透露她很有钱的线索。但是七十七号房的内部就和街上其他的房子一样:结实的餐桌,一叠票据塞在一个小小的电池钟后面,面包箱里满是细碎坚硬的面包屑,客厅里有个没点火的壁炉,还有一整柜彩色陶瓷小人,用旧衣服包了起来,想必值些钱吧。

喝完汤后,奥唐纳夫人又沏了一壶茶,然后说她准备好了。故事始于一九〇一年。道格拉斯郊外的一个农场,一个小女孩降生了，被取名为西莉亚·莱利。她快乐地长大，时常在田野里漫步，陪父亲走去酒吧，一桶桶地拎水。夏日青草和冬日干草的气味。十五岁那年，她遇到了一个人。一个男孩，只比她大一点儿，来自爱尔兰北部的村庄。他来当干农活的帮工，趁天气暖和赚点钱。

他们你看看我，我瞧瞧你，来回好几次。后来，西莉亚便和少年去散步。本来很难有独处的机会，但他们总能在村外找出一条静谧小道来。夏末，男孩和兄弟前往法国抗击德皇，才去一周便双双殒命。没有人知道他们为什么要去。也许是为了探险吧。或者是为了去看看巴黎、听听外语找的借口。

起初西莉亚认为，她是因为受到少年惨死的打击才身体不适。她在床上躺了几天，由母亲照顾。

后来，她弄清楚是怎么一回事了。她让父母坐在厨房里，把一切和盘托出：他们一起散步的时光，他温柔的情话，他许下的诺言，他惨烈而光荣的死亡——还有最后一点，她体内有他在这世上仅存的东西。

她母亲一动不动地端详着地板。然后，她父亲穿着干净厚重的靴子，走到橱柜前。钥匙在他背心的口袋里。西莉亚以为父亲会给她一些钱，但他取出了猎枪。西莉亚的母亲冲过去，按住枪，但父亲心意已决。

她被允许上楼收拾东西。泪眼蒙眬，她看不太清楚。

父亲在楼下等着她，前门大敞着，他手上端着枪，两个枪管像剜了眼珠的坚硬眼窝。她能听见母亲的声音：她低声恳求了很长时间，随后是一片寂静。

西莉亚的父亲陪她走到了村子的边界。户外的人都停下手里的活，向他们张望。

他走了以后，她坐在路边，无神地呆望着。然后母亲来了，坐在她身旁，与她相拥。接着，她们走了很长一段路去科克。那里有一个大门上全是尖刺的修道院，可以收留她这种女孩。一周后，一切都安排妥当了。西莉亚会把孩子生下来，但孩子一出生就得交出去。修女们已经知道谁会当孩子的父母了。

西莉亚本可以一直住在修道院为修女们干活儿，但这些年来，母亲干缝纫活儿零零碎碎地攒了些钱，能为她买一张去美国的船票。在美国，西莉亚可以忘记自己犯下的错误。

八个月后，西莉亚生了一个女孩。她一直都在修道院干活儿，学会了隐藏自己，戴上面具与每个人交谈和相处。

分娩时，修女允许她看一眼婴儿，但不能抱，也不能摸她的脸。

她很幸运，修女说。多数女孩都不得不待在修道院里，用余生为教会干活儿，偿还他们对主犯下的罪。

这次航行感觉非常漫长。西莉亚在船上遇到了一些好人，他们给她建议，告诉她到了美国该怎么做——该对移民们说些什么，该如何行事。

母亲安排她在曼哈顿下城的一所大宅子里当女佣。她可以收家里的来信，但不能寄。

工作很艰苦，但在这家人夜里外出的时候就有很多东西可以吃，西莉亚也可以假装这是她自己的房子。

几个月后，女主人的一只耳环不见了。西莉亚到处都找遍了。那个女人说盗窃等同于欺骗上帝。西莉亚没有意识到女人是在指责她，便也附和道，盗窃是严重的罪孽。

但那时候，她已经交了几个朋友。其中一个住在一栋只租女客的房子里，由一个在学校教过书的人管理。那人同意让西莉亚住上一两周，等她境况好转了再搬走。

可无人引荐的话，想另谋出路并不容易。西莉亚幻想她的前女主人找到了耳环，也许就在床上找到的，然后求她回去。

有一天，她注意到一家餐厅的橱窗上挂着告示。那是在意大利美食区的入口处，夜里西莉亚喜欢四处晃悠。

那家店招做面团的帮工。店里很暗，挂着紫红色长帘，还有画着城堡废墟和沉船的油画。外面正是吃饭的时间，但在厨房里，男人们却坐在板条箱上打牌。她告诉他们，她想来当做面团的帮工，他们把烟从嘴里拿出来,哈哈大笑。但是其中有一人——一个矮壮的、名叫雷吉的西西里人——站了起来,问她有什么经验。西莉亚告诉他们,她小时候跟母亲一起做全家人的面包,掌握了所有诀窍。雷吉说话时,其他男人都安静下来。他皮肤黝黑,胸如圆桶。

几个月后,她学了几句意大利语,雷吉也会唱一首爱尔兰民歌了。他比西莉亚矮几英寸,每晚送西莉亚回寄宿公寓时,他们都四目相对。然后,他会在大门口等到房门打开她进屋了再走。

一年后,雷吉存了点钱,再借了一些,就够自己开店了。西莉亚会为他打工吗?她也可以当管事儿的,他说。这不正是她想要的吗?

一直以来,西莉亚都在试图逃避自己的感受,但她辞掉了工作,去跟那个有野心的西西里岛人共事。他是对的——她想当管事儿的。

又过了一年,他们某次散步回家的路上,雷吉问西莉亚愿不愿意嫁给他。她很快拒绝了,但当他们走到她的寄宿公寓后,他像往常一样在门口等着,确保她安全到家。正因为这件事,第二天她就答应了他的求婚。

三年后,他们开了四家饭店和一家工厂,工厂位于布朗克斯区,生产意大利面,给市里其他餐馆供货。他们是最好的朋友,也是最恩爱的夫妇——尽管她清楚他脾气不好,但雷吉也从未在她面前抬高嗓门,说过一句重话。

自然,她终究还是告诉他了。

她必须说。

她说,藏着谎言的婚姻,日子太不好过了。她担心丈夫会感到失落,他也挺失落的,但不是出于她预想的原因。他站着,双手平放在胡桃木桌上。

"你得回英格兰找到她。"

"然后把她带到这儿来吗,雷吉?跟我们住一起?"

"没错,要是她比我高,你可别惊讶。"

"但别人会怎么想?我要是带着一个孩子回来,他们会说什么?"

"别人算个屁。"

"你可以和我一起去吗?"

他说他不会,这件事,她需要独自完成。

几天后,西莉亚·菲丹扎蒂坐着蓝鹳号的头等舱出海。旅途中的大部分时间,她都穿着长外套站在甲板上,久久伫立。但有时她也会下去,到公共区域和独自出行的女孩儿交朋友。

凯蒂·奥唐纳八十二岁生日的前一周,一名律师从都柏林来看她，是律师事务所的合伙人。他从公文包里拿出一个文件夹，里面有纽约当局盖过章的西莉亚的结婚证和死亡证复印件。他还复印了一篇报纸上的文章，是《纽约时报》的讣告栏刊登的。文章的底部印着西莉亚和雷吉刚结婚时的照片——当时家里还没添新丁。

律师手里还有一封信，是西莉亚写的。他主动把信念出来，因为奥唐纳太太的双手在颤抖。

信上的内容叫人难以接受。

律师坐着，等她慢慢消化。她哭了，他递上一张纸巾。她哭到伤心处，他便走到门外，等她做好继续的准备。

"这么晚才发现自己是被收养的，你一定很难受吧。"律师告诉凯蒂。

"最难受的是，"凯蒂声音颤抖地说，"我永远也没机会感谢我的父母了——我是说养父母。我多想感谢他们啊，他们让我相信我就是他们亲生的。"

律师性情温厚。"你就是他们的亲女儿呀。"

"我好爱他们，"凯蒂说，"我也想告诉我丈夫，可他已经不在了——尽管说不说无关紧要，但以前我们无话不谈，你懂的吧。"

很快，到了律师要走的时候。"别着急，奥唐纳太太。在你过自己这关之前不用考虑钱的事，这只是我个人的建议。接受或者拒绝，都可以。"

她静坐不动，良久。

直到天黑时分，厨房里的物品一个接一个地遁入黑暗。

那些文件还是摊开摆在她面前的桌上，一段回忆涌起。一定是白天发生的事触动了幽深而隐蔽的回忆吧。

凯蒂九岁或者十岁的时候看见一个女人站在街那头。女人穿着一件长外套，系着腰带，头发整齐地别在帽子下面。街上满是奔跑叫嚷着的小孩，但那个女人在看她。她确定。什么也不做，只是站在路的尽头，凝望着她。她记得自己停止了跳动，放松了跳绳。那个女人伫立着，身后是一栋栋潮湿的灰房子。

凯蒂记得，她的旧居家服口袋里有一块大理石。她找到了那块大理石，是那个女人的吗？她是来拿回石头的吗？

然后下雨了。但那个穿着长外套的女人没动。她只是站在那儿，站在路的尽头，凝视着她，大雨浸透了她的衣服。孩子们的身影一个个地消失，回到家里。

律师告诉她，她有亲人在美国，但是凯蒂觉得已经太晚了，一切都已来不及改变——当然，除了她的内心。她内心已天翻地覆。她现在感到自己敞开了，对世界、对她在新闻上听说的苦难的人们和村子以外的地方都敞开了。他们经历的可怕的事情，她母亲一定也经历过。

但随着年岁渐长,凯蒂·奥唐纳不由得总是想起她的外祖父——那个带着枪把孩子赶到村子边界的男人。她常想他。她甚至找到了他的墓地,然后躺在地上,搂住了那块刻着他名字的石头。

绿 毯 子

斯图奇太太一大早就醒了,等待合适的时机给女儿打电话。女儿跟她爸亲,听到这消息会难过的。

八点钟,她打开窗户,然后站着把一只手放在绿色的拨盘式电话上,用当前的时间减去几小时算出洛杉矶当地的时间。斯图奇太太想象着女儿的棕色头发散在枕头上,床头柜上放着杯清水,被单下面是她赤裸的胳膊和腿。不管她是单身还是在跟男人交往,她从来不会告诉母亲。

电话铃响了,贝尼德塔迅速坐了起来。她刚才做的梦像泡在水里的餐巾纸般裂开。

贝尼德塔上大学时恳求把绿色拨盘式电话带回姊妹会。

妈妈认为她在耍花招。"没有电话我们怎么打给你?"

"妈,买个现代电话吧,其他美国人都买了。"

爸爸被逗笑了,他将《赛车报》折起,夹在一只胳膊下。"可能她是不想我们打电话给她,你想过吗?"

妈妈不愿相信。"是这样吗，贝尼德塔？"

"当然不是啦，"她说，"我会给你买个无线电话，然后你就可以在这栋房子里的任何房间跟我通话了。"

但是斯图奇太太心情不好，因为她的女儿又要走了。"你爸只会用那台绿色的，贝尼德塔。"

斯图奇先生摸了摸下巴上的胡茬。

"可别把我扯进去。"

电话放在柳条椅旁的木桌上，从来没动过。那是这栋房子里斯图奇太太最喜欢的地方。除了她没人会坐那儿。

和女儿聊了十五分钟，斯图奇太太挂断电话，走进厨房，从橱柜里拿出电器和面包盘。

贝尼德塔要回家了——尽管现在不是回家的最好时机——但是到了晚上，她会坐在沙发上帮妈妈把一切都理清楚。

她的丈夫斯图奇先生在客厅里。事情发生后，他整夜穿着同一套衣服待在那儿。电视开着，但他没在看。

去洛杉矶机场的路上，贝尼德塔给世纪城的办公室留言把会议取消了。在飞往纽约肯尼迪机场的航班上，她浏览了下载到电子书阅读器上的一本关于抑郁症的书。

在她成长过程中，父亲从没抑郁过。事实上，恰恰相反，他总是看到积极的一面——就算身陷危机时也不例外。也许一切被按捺住的悲苦随着时间慢慢堆积，现在就像塞进壁橱太久的东西一样涌了出来。

他在斯塔顿岛念天主教高中时遇见了贝尼德塔的母亲。他们开着蓝色凯迪拉克去参加舞会。那天早上通话时，贝尼德塔得知母亲一直对她有所隐瞒——过去的一年里，父亲身上一直有征兆出现。起初，他只是不愿意做任何超出他生活常规以外的事情。斯图奇夫人认为是疲劳引起的——他终于也开始老去。

然后他变得沉默寡言。

一连几个小时一句话也不说——就连前一年贝尼德塔回家过复活节时也不说话，他们还一块儿做了蛋糕。她当时就该注意到的。她那曾经乐天派的父亲只是坐在那儿，盯着皱巴巴的相册里往年复活节的照片，指了指打扮成兔子的贝尼德塔，又指着坐在旅行车后座上满头卷发夹的妻子。那是他们驱车前往马萨佩瓜镇的德莱尼家时拍的。

终于，母亲不得不走过来拿走相册。"我需要两个西红柿，"她说，"叫你女儿跟你一起去买。"

"可今天是复活节，到处都关门了。"

"相信我，就算流星马上要撞地球了，安东尼先生也会开门的。"

贝尼德塔记得，当时下着小雪。小片的雪花悄无声息地飘落。父亲叫她把一只手放进他的衣服口袋里，就像她小时候一样。

"出门感觉真好啊，爸爸。"她告诉他。

他们到了洛里梅尔肉店，店里正放着一首老歌《多年以前》。他们走出商店时，父亲吹起那段旋律，两人各拿着一个西红柿。

"贝尼德塔，把这想象成我们的心脏。"他说。

回家路上，他告诉女儿，要是他能重活一遍，他就会去上夜校。要试试看除了当一名校车司机以外，他还能做什么。

然后他提到了他的哥哥乔吉奥。一个周日的午后，乔吉奥在落基山淹死了，那时他才九岁。贝尼德塔的父亲七岁。他想要跳下去——但母亲抓住了他的双臂。

乔吉奥差点就得救了。他们的父亲已经游到了距他几码以内，然后海浪拍掉了他的眼镜。他就只能大声呼救，并试着潜下去。

"等你老了，你看待一切的角度都不一样了，"斯图奇先生告诉他的女儿，"所以不要变老，孩子。"

外面没什么人。雪积厚了，粘在他们的鞋子上。

飞机在肯尼迪机场的跑道上滑行时，贝尼德塔怀疑抑郁症是不是他吃的那些降胆固醇的药引起的。等她到了，她要看药签，上网去查查。

出租车司机不想去威廉斯堡，但机场调度员告诉他，他要是想要车费就必须去。

十字岛大道上太拥堵，所以他们从小路走。塞得满满当当的垃圾桶、烂尾的建筑项目和匆匆喷绘出的涂鸦都让贝尼德塔有所预感。她意识到，自己离家在外度过了很长一段人生。

在她给司机付钱时，母亲出现了。

"他在客厅吃果酱馅饼呢。"

贝尼德塔把她的小手提箱拖上台阶。

"你找席林格医生谈过了吗？"

但进门的时候，斯图奇太太哭了。"我怕他们会把他带走。"

客厅里的父亲跟母亲在电话里描述的一模一样。

"爸！"她喊道。但他只动了动眼睛。

"天呐！他中风了，快打911！"

然后斯图奇先生说了些什么。

"我没中风。"他叹道。

"爸？"

"宝贝，等你上了年纪，一家人的记忆都会化为乌有。"

斯图奇夫人摇摇头。"他的话讲不通。"

"这话是什么意思，爸？"

"我只是不明白这一切有什么意义。我们都知道，过了这辈子我们再也无法相见，我们只会像洋娃娃一样飘浮在宇宙中，我是这么觉得的。"

斯图奇夫人看着女儿，做出"娃娃"这个词的嘴型，仿佛是什么可怕的东西似的。天色刚暗下来，她便叫贝尼德塔出去买意面沙拉。

洛里梅儿肉铺正忙着接待建筑工人和警察，他们买好了多袋香肠。然后店主出现了，问家里情况怎么样。

"为什么问这个？"她说。

"嗯……你来店里了，但今天不是复活节或者圣诞节，一定有事发生。"

"我父亲得了抑郁症，安东尼先生。没人知道该拿他怎么办。"

安东尼先生问他是否看过医生。

"妈妈说他看过一些。他年纪大了，觉得生活毫无意义。"

"毫无意义？"安东尼先生双手捂着嘴笑了，"一切都毫无意义。谁说有意义了？"

走出商店时，她听到有人在喊她。是安东尼先生。

"我早就应该跟你妈说的。带你爸爸去唐人街看平医生，他是东方医生。"

"平？"

"是的，是的，就像乒乓球的'乓'。这是他的名片——他治好了安东尼太太,让她安度晚年。"

贝尼德塔看着名片:

平莫医生

眼科医生,专治疑难杂症

"期待您大驾光临"

纽约州纽约市第五大区贝亚德街114号,邮编:10013

1(212)888-8888

纽约东汉普顿区主街52号,邮编:11937

1(631)327-8888

回到家后,她妈妈趁丈夫打盹时端详着这张名片。

"期待您大驾光临?"她低声说道,"这是什么意思?"

"他治好了安东尼太太。"贝尼德塔说。

"我不知道你父亲需不需要看眼科医生,而且还在唐人街这么个地方。但安东尼先生也是一片好心。沙拉他收了你多少钱?"

第二天一早,贝尼德塔在母亲的尖叫声中醒来。斯图奇先生半夜起床，神不知鬼不觉地跑到阁楼，把圣诞节饰品拿下来，放得满屋子都是。

他甚至把一棵放在门廊的盆栽树拽到了电视机前，树顶堆着灯具和一只精灵。

最可怕的是，那套失踪了几十年的圣诞老人装被他意外发现，正笨拙地套在他的条纹睡衣上。

贝尼德塔走过来时，父亲正坐在他专属的椅子上。

"嗬，嗬，嗬。"他透过假胡子的粗糙纤维说道。

斯图奇太太号啕大哭。"看呐！看呐！"她指着地板啜泣。地毯上整齐地摆着一排贝尼德塔的旧洋娃娃，还有一只被父亲包在厕纸里的圣诞精灵。

母亲擤了擤鼻子，然后挑衅地抬起下巴。"试试看安东尼先生的朋友吧，那位中国医生。是时候来点不一样的了。"

说服斯图奇先生可不容易。他居然连中国菜都不爱吃。最后，贝尼德塔不得不威胁他说，要是他不去，自己就坐下一班飞机回洛杉矶。一小时内，斯图奇一家便坐上了前往唐人街的出租车，此时刚走到布鲁克林大桥的一半。

"贝亚德街在哪里？"司机冷漠地问，"我只知道运河街。"

"你觉得我们为什么要打车？"斯图奇太太气急败坏地说，"这些事你应该清楚，你可是干这行的！"

贝尼德塔把地址输进手机,然后明确告诉司机怎么走。他们在一家叫作吉祥龙宫的餐馆外停了下来。

"地址肯定弄错了,"斯图奇太太说,"这是个吃饭的地方啊。"然后她环顾四周,"这里全是饭店"。

一个挂着拐杖的中国男人颤颤巍巍地走来,速度很慢,斯图奇太太便趁机给他看那张名片。那人看看她,然后举起手杖指着餐厅的方向。

"穿过吉祥龙宫。后面的办公室。你预约了吗?"

"没有预约,"斯图奇太太说,"需要预约吗?"

"我怎么知道?但是平莫还不错,中国人都喜欢平莫,"然后,他指了指停在街上的一辆红色玛莎拉蒂,"那是他的车。"

斯图奇太太盯着那辆闪闪发光的车看。"他肯定不错——庸医可买不起这玩意儿。"

贝尼德塔循着金龙的尾巴,带父母穿过了黑乎乎的餐馆。手推车上堆着白色的茶杯和盘子,准备迎接午餐高峰时段。

走到餐厅尽头,他们发现了一排楼梯。墙面上用黑毡头笔画着一个箭头、一副眼镜和"营业中"三个字。他们跟随路标爬上楼梯。

医生的办公室不比他们的厨房大多少,一把破旧的古董理发椅被一圈座位环绕着。

一块粉红色的霓虹灯闪烁着"请坐!"的字样。

墙上贴着人像照片、明信片、圣诞贺卡和手写的信,上面写着诸如此类的话:

您是最棒的,平医生。

只想告诉您,海伦已经恢复到可以去玩水上滑板的程度了!!!!

再次感谢您治好了小约翰尼。

等了十分钟后,贝尼德塔的父亲扯下假胡子站起身来。

"我要回家,"他说,"我更不舒服了,我要回家。"

但是霓虹灯闪烁着:请坐!请坐!直到他再次坐下才停止闪烁。

"再等几分钟吧。"贝尼德塔说。

但就连斯图奇夫人也泄了气。"我们连这人是谁都不知道。"

就在这时,一个中国小伙儿从珠帘后钻了出来,五官英俊,轮廓分明。他正盯着手机屏幕。斯图奇夫人拍了拍女儿的手臂。"准是他没错了,安东尼先生的朋友。"

"抱歉让你们久等了,"医生对他们说,"我刚刚接了个很急的电话。"

"没关系,"斯图奇太太说,"你看上去很年轻。我可以问一下你在哪儿上的眼科学校吗?"

"妈!"

平医生笑了。"不用不好意思——我毕业于北京国际洞察[①]学院。"

斯图奇太太看看女儿。"听起来是所名校。"

这时,平医生的手机响了,屏幕亮了起来,主界面上有一张照片:一个面带微笑的金发小伙儿。

"那是你朋友吗?"斯图奇太太问道,"牙齿可真好看呐。"

"确实,他是我丈夫,克里斯托弗。"

"恭喜呀。"贝尼德塔抢在母亲开口前说道。

"谢谢,不过还是谈你们的事吧。安东尼先生昨天打电话过来,说你们可能会来。一般事先最好打个电话,或者发条短信。但是,放心吧,我已经为你先生把一切准备就绪了。"

斯图奇先生站起身。"我不需要眼镜,"他说,"我想回家,今天是圣诞节。"

平医生带他坐到理发椅上。

"斯图奇先生,过几分钟你就可以回家了,所以在我们等出租

[①] 《洞察》(*Insight*) 是国际核心眼科期刊名。

车的时候，请坐在椅子上，让自己舒服一点。"

斯图奇先生似乎很高兴。

平医生打开一个木柜，小心翼翼地取出一个带金密码锁的皮箱。他拨动齿轮输入密码，然后砰的一声掀起扣子，打开箱盖。里面全是各式各样的眼镜、太阳镜、老花镜，甚至还有一些单片眼镜。

平医生挑选出一副小巧的红框儿童镜后，然后展开双臂，将眼镜利落地戴在斯图奇先生的头上。

"感觉如何？"

斯图奇先生不作声。

"爸？"

"我这是怎么了？这是什么眼镜？"

"你想再继续戴一会儿吗？"平医生问道。

"是的，我想戴。"然后斯图奇先生大笑起来。

圣诞老人的胡子脱落了几根，飘到地板上。斯图奇太太惊慌地站着，但平医生伸出一根手指，让她冷静下来。

"真是不敢相信，"斯图奇先生喊道，"过了这么多年，大门还在，面包师也过来了，因为帕斯夸尔叔叔订了块蛋糕，还有，我的上帝呀！渡轮，还有那些打完仗回来还穿着军装的人……还有我的床、乔吉奥的床，毯子上有小热气球的图案。我不记得这些气球居然这么小。还有泛美航空公司的巨幅海报,碧蓝的海水,还有那个戴着椰子胸罩、脖子上挂着花环的女孩。"

"胸罩?"斯图奇太太嗤笑道,"椰子?"

"过去,我常常和乔吉奥一块儿躺着,想象我们去那儿——去夏威夷,到处玩水,享受生活……我们约好,等到我们都长大成人了,就带上妻子,用贝壳盛着酒喝,吃热带蛤蜊和章鱼。就这么办!"

平医生轻轻地把小眼镜从斯图奇的头上取下,放回盒子里。

"不可思议啊!"他说,"眼镜多少钱,医生?我可以买吗?我可以带回家吗?"

"我们再试试另一副。"

平医生挑了几副出来,检查了一遍,最终选了一副非常旧的玳瑁色圆眼镜。

斯图奇先生迫不及待地想戴上。

"噢,耶稣啊……"他说,"是他,他就站在我面前。是乔吉奥!我的好兄弟!乔吉奥!"

斯图奇夫人抓住了女儿的胳膊。"我不喜欢这样,我心里发慌。"

"别担心,"平医生安慰道,"这都是治疗的一部分,你会明白的。"

"什么治疗?"

"你丈夫患有严重的视神经型忧郁症,不治就危险了,甚至可能致命。"

他从口袋里拿出一些软姜糖,递给斯图奇夫人和她女儿。

"一个人晚年的生活质量,"平医生说,"通常取决于他们如何看待童年的经历。"

平医生摘下玳瑁色眼镜时,斯图奇先生已泪流满面,医生递给他一张纸巾。

"这次又有点不一样,是吗,斯图奇先生?"

老人点点头。"是的,它不仅帮我回忆,也让我有了感觉。没有了感觉,记忆就没有任何意义,对吗,医生?"

"是的,这种说法我之前也听过,其他病人说的。"

然后,斯图奇先生摘下圣诞老人的胡子,转过理发椅,面向他的妻子。

"我有没有告诉过你,乔吉奥死前,每年夏天他都会偷偷带我去电影院?只有那儿才有空调。我们不在乎看什么电影。什么都行。"

平医生清了清嗓子。"可以继续了吗?"

"我想已经差不多了。"斯图奇太太说。

"你们现在可不能走,"平医生警告他们,"治疗才进行到一半呢。"

贝尼德塔看着平医生在他箱子里的许多副眼镜中翻找。

"你怎么知道哪一副适合病人?"

"练出来的。"

"你看起来很严谨呐。"

平医生笑了。"我爸也是这样的。"

接下来是一副墨镜。

"哇!"斯图奇先生喊道,"宝贝!"

斯图奇太太捏了捏她的皮夹提手。

"我忘了有多少人在追你,康妮!可谁又能责怪他们呢?你把头发盘起来多好看啊!"

斯图奇太太的脸红了,摸了摸现在剩下的头发。

"还记得咱们最后一次坐渡轮吗,甜心?在巴特瑞公园的,还有那条绿毯子?"

斯图奇太太在椅子上挺直了背。"维克多!你呀你!"但接着她的嘴角微微上翘,"我以为你已经把那条绿毯子给忘了。"

"那年夏天,我教你骑小摩托车。我们一路骑到布朗克斯,然后再骑回来。"

"我记得你的须后水。你从药店买的,在那些高个儿的瓶子里挑的。"

"没错,"斯图奇先生说,"高个儿的瓶子。"

"那时你在开校车,"斯图奇夫人想起来了,她转向平医生说,"公司想提拔他到管理层,可他拒绝了,为了每天早上开车送贝尼德塔上学。"

他们离开唐人街时已经快傍晚了。平医生说会把他的账单寄过去。到家后,贝尼德塔把所有圣诞饰品都放回包装盒里,斯图奇太太则帮丈夫脱下圣诞老人服。

"好漫长的一天啊,"斯图奇太太说,"但至少你感觉好些了。"

丈夫说是的,但一小时后斯图奇母女又听到他在阁楼里走来走去。

"噢,天哪,"斯图奇太太说,"他可能以为现在是感恩节吧。"

贝尼德塔冲父亲喊话,问他在做什么。

"叫你妈来收拾行李!你也是!"

"为什么,爸爸?怎么了?"

"我们要去夏威夷。"

"谁要去?"

"我们!"

"什么时候?"

"我不知道——明天呗!"

"爸爸,我们不能去夏威夷。"

"但我答应我哥要去的。非去不可。我现在知道了。"

贝尼德塔叹了口气。"爸,我还要回洛杉矶开会呢。"

"别担心,"父亲朝楼下喊道,"别担心,我和你妈存了钱——明天我们一早就坐头等舱去夏威夷!你想在酒店单独住一间房吗?"

"爸,我三十七岁了。"

然后,斯图奇太太和她的女儿站在那儿,望向通往阁楼的黑乎乎的楼梯口。

"至少他看起来更像以前的样子了,妈,你说呢?"

"太像他以前的样子了!"母亲气冲冲地说,然后朝阁楼喊道,"维克多,马上给我下来,趁你的心脏病发作之前。"

"是你吗,康妮?"

"是的,是你老婆。"

"你好呀,甜心。"

"你在上面干什么?"

"我在找东西。"

"下来!"

"我在找我们要带去夏威夷的东西。"

"我们不去夏威夷,我星期四要洗头,贝尼德塔还要工作。"

"你在找什么呢,爸爸?"

"一条毯子,"他说,"一条绿毯子。"

玩洋娃娃

一

他们驶入了车道。看到他们的小家，对那场车祸的恐惧便消弭了一些。事情已经过去了，不会再发生的。切尔西躺在后座上，周围一片漆黑。

他们带着女儿穿过寒冷的空气，扶着她的手，怕她摔倒。几个月前，他们还只不过是一个过着自己日子的小家庭，从没想过会遇上这样的事。

家里的一切仿佛都还是原样。走廊没变。气味没变。厨房还是记忆中的样子。面无表情的器械给人这样的错觉。但是，下面——在生活的表皮之下——一切都被撕扯出来，然后重新放回原处，没了根，在撕裂处麻木无觉。

海伦用手机打开房子里的每一盏灯。她想亮堂堂的。每个房间都要。然后，他们和女儿坐在一起。她已经可以自己脱衣服、套睡衣了。

"你到家啦。"女人说，一边摸着女孩的头，往后压了压她的头发。周围全是切尔西的东西。装蜡笔的塑料杯、仿造首饰、票根、戏剧营的课程表，还有画。

可以测试一下，切尔西还记得哪个洋娃娃是她的最爱吗？她已经很久没碰过了。她之前总玩洋娃娃。玩偶拘谨地坐成一排，仿佛在童年博物馆展出似的。

新切尔西上了床，终于开口了，这是她说的第一句整话。"我不就是在医院待了两天，你们为什么要这么小题大做？"

她的父母面面相觑，因为这正是切尔西说话的方式。他们想，也许总归会奏效的吧。

但这只是开始。

"切尔西，你吃完药不觉得累吗？"女人问道。

她摇摇头。

"那你饿吗？"

切尔西环顾四周，看了看她的东西。"我只是有点儿迷糊。"

女孩的父亲坐在床尾，手搭在被子上。"你能告诉我们你对什么感到迷糊吗？"

她不知道，只是不知怎么的，一切似乎都变了，她也说不出个所以然。

"呃,天不早了。"女人适时地插话。没人回应,她便向花园望去,却什么也看不见,唯有一片方形大小的夜色。她想象着植株和树木的位置,黑暗只不过因为空无一物,这片虚无要用恐惧填满。

"你确定不渴吗?"母亲说着,把头转向了丈夫,"医生说她可以喝什么?"

"妈妈,"切尔西恳求道,"别说了。"

除了让她睡觉以外也没别的事可做。

明天,一切将焕然一新。他们必须在一起,找到他们的路。

女孩的父亲习惯性地拍了拍被子,随后才意识到自己冒失了。这是一个只有切尔西才知道的动作。但是,一只脚缓缓从棉被下探了出来。

"爸爸,谢谢你。"女孩说。此刻她父亲开始给她按摩,起初手法有些僵硬,好像他心里害怕似的。他无法相信,这只脚很暖和,仿佛充盈着她的血液。

"别按太重。"女孩的母亲说。

他们回家了,新生活开始了。

二

官方给了三个月的适应期。回家第一天早上,女孩醒来发现约翰和海伦做了她最爱吃的东西。有华夫饼,各种百吉饼、火鸡培根和法式吐司。花瓶里居然还插了一束鲜花,浸着冷冽静止的水。女人肯定一大早就出门了。

见她来了,她的父母便停止了交谈。他们想知道她睡得好不好。

"还不赖。"她说,却没有朝他们走近一步。

"真好,"妈妈说,"毕竟是你自己的床。"

"太好了,"爸爸附和道,"我们也睡了一觉。"

"你终于回家了,"妈妈眨着眼睛说,"啊,我觉得好幸运。"

女孩只是看着他们。"你俩为什么都在这儿?"

约翰和海伦没有预料到她会问得这么直接。但这就像切尔西一样。就像她一样。此前,尽管她就在面前也不觉得安心,但这话让他们心里有了一丝慰藉。

最后妈妈给出了答案。

"你爸和我都休了三个月的假。"

切尔西赤着脚,踩着凉凉的瓷砖朝冰箱走去。"我什么时候能回去上学?"

"是医生建议的,"爸爸说,"好陪陪你,毕竟出了事。"

切尔西笨拙地拿起一大盒果汁。约翰和海伦抑制住插手的冲动,橙色液体扑通扑通地涌入一个高杯子里。

"但我没事啊。"

"你不觉得累吗?"她妈妈问,"要是我肯定累。"

"不累,"切尔西说,"我感觉很正常。"

女人端详着女孩面前的盘子里长长的、焦煳的火鸡培根条。

切尔西皱起眉。"你看起来很失望,妈妈。你是巴不得我不舒服吗?"

爸爸一直在端详她。"别说傻话,昨晚你说你迷糊了。"

"我现在好了。"

"你住院的时候,"妈妈说,"身上插着好多管子,连着各种机器。"

"我现在好了。"

"这得医生说了算,"爸爸故作平静地说,"他们讲要三个月。"

女孩和这对夫妇坐在桌旁。他们看着她的眼睛扫过一桌子食物。

"我什么时候能见朋友?"女孩说,然后毫不犹豫地自我更正道,"我什么时候才可以见我的朋友?"

"三个月后。"妈妈盯着华夫饼干说。撒谎,她丈夫知道她在撒谎。但在把她带她回家之前没来得及讨论以后的事。

切尔西猛地放下杯子。"你说什么?"

妈妈伸出手,但女孩把手缩了回去。"我什么时候才能拿到手机和VR眼镜？"

女孩的父母现在确信她不记得那场车祸了。他们本来希望她会记得。这有助于她理解他们为什么这么小心翼翼。

"对不起，"爸爸说，"不可以发短信、视频聊天、玩虚拟现实。"

"用Movie-Me看视频也不行吗？"女孩说，她曾和朋友一起看了好多个小时的热门电影，他们的脸和身体经过数字捕捉，覆盖到原演员的脸和身体上。

"Movie-Me也不行，"妈妈说，"但是你可以尽情看普通电影，因为在接下来的三个月里，你都没有家庭作业，也不用干家务。"

"你在开玩笑吗？"

"这不是很棒吗？"

"如果不能把我和朋友放进去，还看什么电影？那就没意义了。"

"对不起，"爸爸说，"但是我们是认真的——三个月内不能跟其他人接触。"

又在骗人，但至少他们还有时间理理清楚。医生说有很多事需要他们去调整和习惯。

"但你可以煲电视粥，看什么都行，"妈妈说，"我们可以一起看。"

父亲拿起一块切好的水果，放在手上细看。"我等不及了。我们以前就一起看电视呢。"

但切尔西提不起兴趣。"什么以前?"

"你小时候呗。"爸爸欢快地说。

切尔西仔细挑出一块华夫饼。"我讨厌小时候。"

妈妈猛然从早餐桌旁站起,下嘴唇颤抖。"这你都记得? 是吗?"女人的脸皱了起来,仿佛在崩塌一般。她慢慢伸出手去触碰切尔西的头发。但孩子也站了起来,无视女人伸出的手,而是火上浇油:"我什么时候才能拿到手机!"

然后他们听到了男人的话音:"等习惯了就没事了。"

切尔西叹了口气,她的智能牙套从银色变成了霓虹蓝。"怎么你俩都这么奇怪!"

"试着去回想一部电影,"爸爸说,"你最喜欢的电影,切尔西。"

但女孩跟他们对着干,这反倒让他们的担心减少了一分。

"我没有最喜欢的电影,因为我从来没得选。"

"不是这样的。"妈妈说,她仍站着没有坐下。

"不,就是的。不管我喜欢什么,你们都不喜欢。"

"她说得对,海伦,"男人面带悦色地说道,"她说得有道理,我们从来不让她看任何惊悚电影。"

女人点点头,没吱声。对她而言,没有什么比现在发生在他们身上的事情更惊悚了。

然后父亲发话了:"也许她可以挑一部她一直想看的恐怖电影?一部会着实吓我们一跳的片子。"

"真的吗,爸爸?"

"你现在在家,"妈妈说,"这是你的归宿,也是我们必须放下过去的地方。"

第二天夜里,女孩躺在床上,开始尖叫。爸爸是第一个进她卧室的。"切尔西,"他抚摸着她的胳膊,"你做噩梦了,切尔西,醒醒。"

恐惧堆积成上气不接下气的抽噎,仿佛每一波情绪都是从遥远的地方用力抽拔而出的。这时他们知道,她已经醒了过来。

妈妈抚摸着女儿的额头,她觉得每个孩子的内心都住着一个不会说话的小人,以及一个很久前发现的藏身地。

女人现在能看清这个小女孩了。能感觉到她的存在,和他们同在这间房里。有的东西已经不复存在。

三

早晨,父亲放了满满一水槽的热水。他沾湿了一块布,再拿出热气腾腾的毛巾,铺在脸上。他把修面刷冲洗干净,把泡沫挤进碗里。然后他开始剃掉细须。随后，他捧了几捧凉水，拍到双颊上。梳了梳头发，再喷上蓝瓶子里的须后水。

切尔西的母亲想打扫卫生。到第三天的早上了。她从擦窗户开始。窗上有那场车祸发生前就留下的指纹和吐气的痕迹。扫地的时候，她扫出了头发、皮屑、一个弯成微笑弧度的脚指甲——但是女人的双手不停地旋转翻飞，一刻也不停歇，试图擦除自己昔日的碎片。

切尔西沉默不语，她待在房间里，戴着耳机，用一个老旧的MP3听音乐。下午，他们吃了比萨，还看了部恐怖电影，讲的是一栋老宅的墙壁里有一个小孩，一旦他爱上谁，最终就会把谁杀死。

次日，女孩待在房间里。午餐时间，她的父母敲门进来，端着一盘饼干和饮料。地板上散落着他们的女儿最爱的书和一本画簿。几支彩色记号笔滚到了她脚边，而她正盘腿坐着，盯着参加夏令营时拍的相片。切尔西一直照着这些相片画。她用黑色线条勾画出女孩的轮廓，再用彩色墨水填满她们的身躯。每个女孩都拿着一部手机，屏幕上的聊天框里满是字。

父亲第一个注意到，她的洋娃娃不见了，洋娃娃通常是放在架子上的。房间的一角堆着鞋子和裙子，被女孩从画簿上撕下的画纸盖了起来。一年来，洋娃娃从未被拿下来过。他们的女儿正向世界敞开心扉——不再需要用想象力为物体注入生命。他们还没走，女孩就回去涂色了。父母环顾四处寻找洋娃娃，但没找到。

女人说，感觉每天都在重复同样的生活——她已经用托盘送了一整周的饭，每次得到的回应都只有一个字。直到切尔西的音乐声透过房门传来，他们才好放心交谈。

"她跟我们住在一起不舒服，约翰，所以她才把自己关在那儿。"

"她只是想待在自己的房间里罢了——十三岁的小孩都这样。"

"那孩子非常不对劲。"

"当然不对劲了，"女人说，"所以我们才在这儿啊。"

海伦看了看她的手，她的皮肤由于过度清洗而变得干燥。

丈夫摸了摸她的手。"我们可能吓到她了，海伦，我想或许是这个原因吧。"

"我感觉她对我们漠不关心。"

"呃，我们是她的父母啊，只不过由于现在还在试验期吧。"

海伦咬紧牙关。努力咽下翻涌到她嘴边的冲动。过了一会儿，她平静地吐出这些句子，她很讶异自己居然说出口了。

"我觉得我在背叛我们真正的女儿，"她说道，想起簸箕里的头发和指甲，"她迷路了，我们却没去找她。"

这句话似乎出乎父亲的意料，也许他曾想象过自己的信念会先行瓦解。毕竟，他目睹的比他妻子更多。即便是现在，闭上眼后，仍然会浮现他们的孩子盖着塑料布的情景。但自从回到家,他便一直学着扮演记忆里车祸发生前的自己。住院期间,海伦待在切尔西病房的楼上,切尔西的躯体和头上缠满了管子和线,让她悬停在此世与异界之间,停在他们无法触及的地方。

她的大脑还在活动,医生很确定。但要是不用机器把空气压入她的肺部再抽出来,切尔西自己就无法呼吸。她再也醒不过来了。毫无可能。

夜里,病房陷入黑暗,只剩下他俩了。约翰竖起耳朵,颔首靠近。他假装切尔西睡着了,他只是听着,什么也不做。

他们仍然听到切尔西的音乐声透过卧室房门传来。约翰做了些热饮,他们坐了下来。

"也许,要是没人告诉我们的话,"他说,"可能会管用的。"

"但他们已经告诉我们了,约翰。"

他们看向切尔西的卧室门,确保门还关着。

"但要是没有人说出来,"她的丈夫又说,"就真的可以像以前一样了。"

妻子的脸沉了下来。"永远也不会像以前一样,我们回不去了。"

"如果你愿意的话就有可能。"

"我做不到,约翰,问题就在这儿。"

丈夫感觉有一团怒火蹿到嘴边。

"听我说,"他的语气比他想表现出来的还要温柔,"我们还能怎么办?我们没得选,你知道的。"

屋外,一辆摩托车驶过,换挡有些笨拙。然后,切尔西突然站在她的卧室门口。妈妈跳了起来。

"怎么了?"她说,"妈妈为什么哭了?"

"妈妈只是对发生的事情感到沮丧。"

切尔西穿着牛仔工装,打着赤脚。约翰看得出她用彩色记号笔涂了脚指甲,油墨沾到了她的皮肤上。这本来很正常,只不过现在看着有些扎眼。

医生说,要过三个月他们才会知道是否有可能继续。

他们用吃剩的比萨当晚餐,又看了一部电影。讲的是一只偷鸡给家人吃的狐狸。

约翰让切尔西上床睡觉时,她问妈妈是否真的没事。

"她会没事的。"爸爸说,但他并不真的这么认为。

"那干吗那么大阵仗?我好着呢。"

医生是一个叫艾琳的女人,她提醒说,这个女孩只会记得她在医院待了一两天。约翰看着这孩子的眼睛深处,试图找到一条隧道,能把他带往熟悉的地方。他知道,他内心有一部分是可以相信这件事的，只要有足够的练习，就一定能做到的。至于真相到底是什么——不过是暴力的借口吧？

他摸了摸女孩的额头。"别担心，切尔西，我们会尽力的。"

"那我为什么不能回学校？我想要过正常的生活，爸爸。"

"你现在的生活就是这样的。在这屋子里，和我们——你的爸妈——在一起。"

"但我出什么问题了？快死了还是怎么的？"她的目光左右游移。

约翰笑了，以免漏出震惊的表情。"我们以后都会死的，总有一天。"

"那为什么妈妈这么奇怪？"

"她受了打击。我们差点儿失去你。"

"是吗？可你们表现出来的，好像我已经死了一样。"

约翰深深地吸了一口气。

"还记得你濒死的时刻吗？"

"就在汽车站。"女孩说，双颊泛起红晕，看起来快哭了。约翰想要不要把老婆叫进来，这跟他们的女儿太像了。"那时我正戴着 VR 眼镜，"她坦言道，身子探向前，双手抱住了她的父亲，"我知道你告诉过我不能这样的，太危险了，对不起，实在对不起啊，爸爸。"

她躺下来，直视着父亲的脸。"这就是你不把眼镜还给我的原因，不是吗？就因为我戴了VR眼镜，忤逆了你和妈妈？"

"现在别纠结这个，切尔西，太晚了——试试看告诉我你还记得什么吧，汽车站以后发生的事。"

约翰做好了听她回答的准备，看着女孩搜寻记忆，组织语言。

"刚从医院醒来，你和妈妈都盯着我看。"

"那你挺幸运的，"他说着，努力保持着呼吸的平稳，"其实我们都挺幸运的。"

"从车祸发生以后我变了吗，爸爸？"

"这不重要，"约翰告诉她，"不管发生什么，我们都会爱你的。"

四

次日，约翰在走廊上遇到还穿着睡袍的妻子。她正看着相框里的照片，缓缓走过满墙的面孔，每张面孔现在都系着不同的悲痛时刻。

"你什么瑕疵都找不到的。"约翰温柔地说。

时间还早。切尔西还在睡梦里。

"你讲的话像他们一样。"

"他们做的毕竟是有用的。"

"是吗?对我可没用。"

她的直白令他气恼。但他压住脾气,以防她的勇气变为冲动。"我是从生理的角度来讲,海伦。"

他眼神掠过妻子的头顶,那里挂着一张切尔西在海滩上拍的照片,那时她还是个蹒跚学步的娃娃。她戴着一顶白色褶边棉帽,她的小胳膊小腿宛如沙滩遮阳伞荫蔽下的粉色香肠。她正弯腰看着什么东西,没拍进画面里。她那时年纪很小,还没学会说话。情绪和好奇写在脸上,尚未被语言所剔除。约翰将双手放在妻子的肩上。

"我们不能试试吗,海伦?"

她伤心地躲闪开。"我在试!还不够明显吗?"

"但她一模一样,她……"

"对我来说不是,约翰——我是她妈,你懂吗?"

"好吧,你表现出来的可不是这么回事儿。"

海伦转过身,神色冰冷,面容枯槁。

"因为这感觉像是背叛。"

"你必须逼自己去相信,海伦——这样才会有效果。拜托……允许自己再次快乐起来吧。没有别的办法。"

她的脸沉下来,就像在医院时一样,面无表情,心如刀绞。这让约翰想起女儿参加的暑期戏剧营大门上的巨型面具。

"我坚持不住了。"

"你必须坚持住,海伦,否则这个家就毁了。"

"因为我吗?"

"因为你不愿意去爱。"

"但这正是关键所在——我的感觉恰恰相反。仿佛我能做到的最糟糕的事情就是去爱。"

"为什么啊?"

"因为这意味着以前的爱毫无意义。"

但爱就是爱呀,他想说。

他们把视线移回到照片上,照片仿佛在嘲笑他们。

"悲伤还是内疚,"她说,"我不知道哪个更糟。"

"她永远不会发现——你必须向我保证。"

"最糟的就是这点,"妻子说,"想想看她要是知道了,会有多痛苦,约翰。"

"但这样很好啊!艾琳医生说这恰恰是计划的一部分——我们担心她会痛苦就意味着我们爱她。"

海伦点点头,片刻后却说:"我想,我们得离开这栋房子。"

"医生建议是三个月。"

"我知道,但这样待在家里没什么用。"

"那我们去哪儿?"

"不重要——但我们需要做点什么,全家人一起。"

"好吧,"约翰说,"这我能理解。"

他煮了咖啡,把切尔西从房里叫出来。讨论他们要去哪里。

"我们在躲避什么?"她说。

"我们需要这样做。"海伦告诉她。

"今晚我会检查车充好电没,"约翰补充道,"还要在小冰箱里装满鲜果茶。"

"为什么我可以出门却不能回学校?我的朋友会以为我死了!我什么时候才能回学校?告诉我!"

熟悉的声音,但这份执拗让人觉察出一股邪气,绝对算不上正常。海伦猛然站起,打翻了咖啡。"你不可以回学校!看在上帝的分上!我们要跟你说多少次,上帝啊!"

女孩的脸色倏然变得难看起来。父母亲等待着,但她没有开腔。寂静无声。只有她的眼睛在动。

这时,约翰开口了,怕女孩胡思乱想。

"回房间去吧,切尔西,我和你妈会搞定的。"

海伦看着她离开,然后转身面对丈夫。"我们真正的女儿绝对绝对绝对不会那样做。"

字字句句都扎到约翰心里,但他十分平静地坐着。"也许那是因为她真正的母亲绝对不会那样跟她说话。"

"天呐，"她说，"你真是个混蛋，约翰，十足的混蛋。"

他起身走出房间。她能听到他在楼梯上的脚步声。然后是关门的声音。她独自一人，只剩下弄脏了的桌布和她急促的呼吸。她就这样坐着，良久，感觉仿佛她只需拉扯出内心的纠结再扔掉就好。

但晚餐时气氛变了。海伦夸奖了切尔西的餐桌礼仪和她画的一幅画。画上是一个站在悬崖边眺望大海的女孩。

约翰起身收拾碗碟时吻了吻妻子的头。她碰了碰他的手。

这顿饭期间，看起来似乎他们也许能够继续这样下去。

吃甜点时，海伦问他们要去哪儿。

"大海。"约翰道。

"你喜欢海滩。"妈妈说。

"夏天喜欢，"切尔西说，"不是现在。"

约翰试图维持愉快的气氛。"一年到头都不错的，不同季节不一样。"

"为什么我能去海滩却不能去学校？"

"就一天，"海伦说，她哭过后的声音有些嘶哑，"要是累了我们还可以待在车里。"

"就这么定了，"约翰说，"明天我们去海边，全家出游。"

当晚，海伦和约翰做爱了，这是自他们女儿出事后的第一次。迅速，激烈，仿佛他们试图冲破堆积在彼此之间的情感碎石。

事后，他们握着手，想象大海。想象无垠海水会带给他们怎样的感受。

五

之前，大约车祸发生一个月后，约翰和海伦从家里开车来到医院孵化实验室所在的区域。起初他们想触碰它——触碰她。但它还不是她。身体看起来一模一样。每处伤疤，每个雀斑——甚至连她从三轮脚踏车上摔下来后膝盖上撞出的坑印都一样。技术人员告诉他们，身体是用一种他们培养的面料织成的。血液中含有一些真正的血液成分，预防血友病。公司甚至聘请了一名意大利艺术家来检查皮肤的色素沉着等一些只有艺术家才看得到的东西。约翰记得在电子宣传册上看到过他。艺术家留着长发，戴着围巾。

他们将是第一批试用这种新技术的家庭之一，所以供他们免费使用。公司的资金部分来自无人机产业，员工包括医疗工程师和营销大师。主任医师艾琳·韦伯博士承诺，尽管车祸现场的照片传出来了，但公司已经付了媒体封锁费，因此就算切尔西想办法上网了，也不会不小心撞见什么。

当前的目标是要她真正感受，真正活着。

"要是她发现了怎么办，"海伦问，"或者意识到她长不大怎么办？"

"叫我艾琳吧，"医生道，"老实讲，海伦，我们也不知道。她要是感觉还好，可能就不会注意到自己没有衰老。"

"这样啊，幸好我们住在一个荒岛上，她也找不到其他孩子跟自己比较。"他们本该知道这是行不通的。

医生点了点头。"我理解你们的担忧，但你们要记住，尽管她看起来不会变，但她是有学习能力的。"

"怎么说？"约翰问道。

"一切都是照原样复制的，这意味着所有的神经元活动都被记录、模拟，以及——最重要一点——被排序了，以便为应对将来的任何刺激创建先例。"

回家的路上，他们没有说话。高速公路上空，无人机仍然在机载 GPS 和当地声纳的引导下掠过，嗖嗖作响。据说新颁布的法律要在人群活动区域上空设立禁飞区，但没有强制执行。把无人机从空中击落的人都很快被判了刑。

碰撞发生在早上 8:02 到 8:03 之间。一架四翼送货机撞到了一棵荷兰榆树顶端，随即转向天空，冲到一架正在吸入晨间过量花粉的黄色过滤型无人机的叶片上。两台机器马上停止运转，开始坠往地面。六秒钟后，四翼送货机撞上了一辆公共汽车的顶部，碎了，而跟一辆小型汽车差不多大的过滤型无人机砸到了人行道上，甩出来一块折断的叶片，切碎了一个戴着耳机和 VR 面罩的十三岁女孩。然后，无人机的花粉袋炸开，周围的一切都覆上了黄尘。

女孩感觉被什么东西撞了，她的头撞到人行道上。最后占据她心头的，是所有小孩知道自己遇上麻烦时都会有的那种恐慌。

六

天气正好。

早餐后，他们在一个棉布袋子里装满水果、巧克力和毛巾。约翰穿上短裤和麂皮懒人拖。

他们上了主路，然后拐弯去海滩。

风和日丽，人也不多，只有几个老者坐在车里。救生无人机悬在起降台上，时刻警惕着是否有人类遇险的画面和声音。

海伦和切尔西把鞋子脱了。

"我可以做侧手翻吗，妈妈？"

这是母亲自女孩回家以来第一次笑。"玩得开心点，"她告诉她，"我们就是来玩的。"

"我也可以奔跑吗？"

"你想做什么都行。"妈妈说。约翰和海伦挽着胳膊，看着女孩渐行渐远。脚下的沙子绵软，远处卷起温柔的海浪。

"你确定这是个好主意吗?同意她干那些事?"约翰说道,但他转过头,看到妻子的脸颊闪着光。

"这已经不重要了,约翰。"

"为什么这么说?"

"因为她不是我们的女儿。"

他害怕起争执,便试着把注意力转到周围的事物上。"我想,这样过一天会让我们都感觉好些。"

但是海伦决心已定,便把心里一切感受都说了出来。听完,男人的双腿开始发颤,他坐到沙滩上,努力稳住呼吸,但再也没把目光从那孩子身上挪开。女人站在他身旁。

"我们还能坚持多久呢,约翰?"

他没有回答。他回答不了。他的坐姿看起来活像个小男孩,一个听凭他人为自己生活做主的小男孩。

"我们该怎么向她解释她为什么不会长大?她为什么不来月经?真人都是会长大的,约翰,人都会变的。这不是真的,只是幻想,好比试图去爱一张意识不到自己是照片的照片。"

"但她是相信的,海伦,她感觉自己活着。"

海伦蹲下身,坐在丈夫旁,把一只手搭到他肩上。"这就是我昨天给医生打电话的原因。"

"昨天?"

"当时你在楼上,在我们房间里。"

"打电话是为了什么事?"

"我想你知道为什么。"她抚着他的手说。他不再看着远处孩子的身影,而是看向三角形的白帆。下午要出海的船。

"什么时候?"

"今天。"

"你不想再等一会儿吗?"

"我做不到,约翰,这种痛苦我受不了。"

"确定这是你想要的吗?"

海伦把整个身子转向丈夫,然后大哭起来,像那天清晨警察来到他们家门口时一样。

远处的女孩仿佛感应到她的痛苦,她停下了侧手翻,在微小沙粒构成的银河的彼岸看着他们。

"海伦,"约翰抬起头说,"她在看我们呢,海伦。"

他的妻子抽回手,挥舞起来。

"你太棒了!"她喊道,"棒极了!"

女孩一定听见了,因为她本来站着正要做侧手翻,却摔倒在沙滩上。

"对不起,约翰。我再也无法掩饰我的伤悲。"

"她也不希望你这么做。"

"谁?"

"切尔西,"他说,"我是说,如果她——她的灵魂——现在正看着我们,看到我们得到了一些慰藉,她也许会很开心的。"

"问题就出在这儿,"海伦坦白道,"这对我来说没有一丝慰藉,什么都没有,比什么都没有还要糟。我该如何去哀悼一个我不可以承认已经离开的人?"

"我明白,"约翰告诉她,"但她不会因为我们去尝试就生我们的气。"

"她不会的,"海伦说,"她会理解我们正在做的一切。她就是这么好的孩子。"

漫长的几秒后,约翰逼自己吐出这句话。

"我想我准备好了。"

"确定吗?因为这件事我们必须一起去做。我们有二十四小时的时间,从我昨天给艾琳打电话要求停止实验算起。"

他扶妻子起身,然后他们朝海走去。走得很快,没有说话。

水边有岩石,就像古神嘴里的白齿。切尔西卷起裤腿,站在岩石中的潮水潭里。

"水好暖和呀!"她说,"来吧,爸爸——正好你穿了短裤,来跟我玩吧。"

"哇,确实挺暖和呀。"他踏进潭里说道。

海伦穿着裤子,但还是走进了水潭。切尔西很高兴,拍着手。她的父母没有看水——水是暂时搁浅的生活——而是看着他们面前的女孩。他们突如其来的、牢牢停驻的目光,把女孩吓了一跳。

"你们为什么这样看我?"

"我们只是爱你罢了,仅此而已。"海伦握着约翰的手说。

"你们又变得奇怪了。"切尔西告诉他们。然后,有什么东西贴着水面下方倏地掠过水池。"看那儿!那就是我想叫你们看的鱼!"

"过来和我们在沙滩上坐坐吧。"女孩的妈妈说。

"你疯了吗?我得看看鱼跑哪儿去了——沙子也都是湿的。"

"那就过来坐在岩石上吧,"女孩的父亲说,"看——那块石头挺光滑的。"

"但是我想找这条鱼……"

"它会一直在这儿的,"她妈妈说,"在它的小房子里等你。我们想和你谈谈明天回学校,还有把手机还给你的事。我们认为你已经准备好了,但咱们得谈谈。"

切尔西笑着走出潮水潭。约翰脱下夹克,铺在岩石上给她当坐垫。

"我们有事要告诉你。"他说。

切尔西在他们之间不安地来回走动。"是关于那场车祸的事吗?"

"不,"妈妈说,"忘了它吧。"

"是不是我快死了,还是啥的?"切尔西说,她还是有些上气不接下气,因为看到了鱼,也因生活可能回归正轨而兴奋。

"你不会死的。"父亲说道,惊讶于此刻来临时他竟如此平静,撒谎也如此容易,即便在那一刻之前,他们所做、所想、所见的一切,都不过是某种欺骗罢了。

"我们只是想提醒你一件事。"妈妈说。

切尔西翻了个白眼。"我知道你们爱我。"

"你就顺着我们吧,"父亲说,"因为我们是你父母,而这样做会让我们开心。"

"顺着什么?"

"我想祈祷。"

"为什么,妈妈?为什么?你们不信上帝呀。"

"嗯,我们不知道天上有什么,切尔西。但据我所知,此时此刻可能有神灵正在看着我们。"

约翰握住了女儿离他最近的那只手。海伦握住了另一只。他们的脑海中闪过许多念头、感触和图像——但就像所有的记忆一样,这些东西转瞬即逝,又太过深奥,无法捕捉和分享。

他们搓着孩子的手,就像医院的人用模型演示的那样。他们一起搓揉、抚摸孩子的手,加以适当的压力和动作,从而验证他们是授权用户并启动关机程序。

切尔西闭上了眼睛。"这感觉真好,"她说,"不管你们在做什么。"

"你听得到大海的声音吗,切尔西?"

"你是指海浪吗?那声音让我困倦。"

"是时候睡一觉了。"妈妈说。约翰点点头,他那时说不出话来。

"那条鱼怎么办,妈妈?"

"潮水涌来的时候,它会找到回家的路,"妈妈说,"一直都是这样的。"

他们一直待到潮水溅湿鞋子才离开。

过去几周的冒险已经结束。现在的问题在于,要学会带着如同难忍的热浪般不断拍打在脸上的爱活着。

约翰抱着女孩的身体穿过沙滩。他不知道人们是否会认为她在海里溺水了。但等他们到了停车场,只有一个人在那儿,她以为孩子睡着了。

他们把她放在汽车后座上,垫好毛巾,确保开车时她不会滚到底板上。她双目紧闭,张着嘴。

约翰想坐后座,在回程路上扶着她。但是海伦的手在抖,开不了车。她说的最后几句话的声音萦绕在脑海。不是话语的意义,而是声音,是赋予语言意义的音乐。

约翰发动引擎时,海伦伸过手来,把引擎关掉。"我不相信他们的话,"她说,"可别再把她吵醒了。"

"他们怎么可能骗我们呢?"

"为了搞清楚他们哪里出了问题。"

"她会来找我们的。她会认为她就是切尔西。"

"我就是这个意思。"

所以他们一直等到最后一个人离开停车场。

然后他们把车塞满浮木,点燃。

火势一起来,整台车都被吞噬了。火舌翻涌,后座噼啪作响,他们不得不往后退。

确定以后,切尔西的父母转身离开火焰,走了很长一段路回家。他们的衣服上满是烟味儿。没了火焰在面前烈烈作响,空气让人感到寂寥。

"我再也没法经历这种事了,"约翰说,"我再也没法经历这种事了。"

"不会的,"海伦告诉他,"都结束了。"

但一年后,海伦怀孕了,他们的生活从一切过往结束之处重新开始。

鸽　子

亚瑟十六岁那年退了学,专心练拳击。他告诉母亲,他有一次实现梦想干大事的机会。母亲把他撕裂的短裤缝好,用金线绣上了他的外号——"鸽子"。

他很快就要面临最强劲的对手,每天清晨他的双手缠满绷带的时候,亚瑟会想到所有他恨的人。在超市里打他母亲的男人,他们的老房东和亚瑟几年前遇到的三个男孩——尽管其中一个已经死了,工人们在纽瓦克的一个火车调度场里发现了他的尸体。

一个名叫莱尼·德杰苏斯的知名伤口处理员告诉亚瑟,如果他吃得不对,那么所有的太极拳、跳绳、手靶练习、仰卧起坐、对打和花式步法都毫无意义。之后,亚瑟便和母亲去了图书馆。

他们并肩坐着,逐页阅览。书上有一盘盘闪闪发光的鱼和肉。永远吃不到的珍馐佳肴。亚瑟学会了煲骨头汤,以及撒法国香料的正确时间。这些香料装在一个小袋子里,看起来就像毒品。

母亲装了假牙，因此亚瑟想了个软化肉质的办法：烹饪前把肉放在酱汁里泡一夜。

"如果拳击这条路走不通，你也可以当个厨子。"她一边看儿子往冒着泡的酱汁里撒马槟榔一边说。

亚瑟看了她一眼。

"我是说等你拳击退役以后。"她说。

"作为世界冠军退役。"

母亲点点头。"你已经是我心目中的世界冠军了。"

亚瑟叹了口气，他把想说的话埋藏在心里，也许会藏很久吧。

夜里，亚瑟大多数时间都在网上看以前的拳赛和训练视频。有的视频是外语的，有些视频展现了绝望的生活。他向母亲解释说，轻量级选手出拳快，身手敏捷，而重量级选手则是能吸引大批观众的赏金拳手。

迈克·泰森是亚瑟的最爱，因为他提到过所谓的"恶念"。拳击手要是没有恶念，就压根没机会赢。亚瑟能感觉到他的恶念——在他生活的表象下有一股顽固的邪气，仿佛他的心是一笼子恶犬，正张大嘴撕咬着。他把这种感受告诉母亲，母亲哭了，说要是他进了监狱，她会心碎而死。但他想让母亲明白，恶是他本性的一部分。

小时候,亚瑟拼命减肥。他步行去学校,尽管这会花更长的时间。他不爱坐公交车。有一次,一个女孩把他的眼镜给撞掉了。

他最好的朋友是只叫萨姆的鸽子。亚瑟把萨姆关在他用铁丝和橙色板条箱做成的鸟笼里。

亚瑟十二岁时,三个男孩闯进院子里偷东西。其中一个男孩抱住亚瑟,另一个男孩抓住萨姆,扭断了它的脖子。萨姆的尸体躺在地上,看起来像一块灰色的破布。亚瑟第二天没去上学,他把萨姆埋在中央公园里有鸭子的池塘附近。当晚,他在家附近游荡,口袋里揣着一把刀。

大战前一周——那是一场要在西班牙语频道直播的锦标赛——亚瑟在紧张地训练,同时努力增重。一天夜里,亚瑟完成了八轮对打,他离开体育馆的时间比平时更晚了——他太累了,甚至没有力气在他汗湿的手套里塞满报纸或者冲洗牙套。外面全是公交车和黑车。几个穿着厚大衣的人在路上走着。他想立马躺上床,但他明白,必须再吃一顿,因为周三有长跑训练。

他主要在中央公园里跑步,绕着池塘计时跑圈。他总能遇见放学后出来的女孩,还有些认真跑步的人,可以借他们鞭策自己。有时,他会一路沿着第五大道跑,经过犹太会堂、博物馆和有看门人的建筑。等他成了世界冠军,他希望让母亲住在这样的地方。

正当亚瑟为了听到列车进站的声音连蹦带跳地跃下地铁站的台阶时,一个高大的身影举着什么东西猛然冲向他。

"得了吧,"那男人说道,空中刀光一闪,"你知道我要干嘛。"

亚瑟松开运动包,后退了两步。他的脉搏加速,血液涌进双手,就像打拳击前一样。然后,他听到了内心的声音:那是一段镇定的独白,催促他往里边走——避开刀子能够着的范围——然后迅速甩出一套组合拳,直击目标。击倒对手的重拳靠的不是力量,而是让对手的头部扭转,脖子会发出咔嚓一声。亚瑟拳曲手指,攥成紧紧的拳头。就在这时,意想不到的事情发生了。亚瑟注意到小偷穿的衣服和自己蓬松外套下的连帽运动衫一模一样。黑色星期五那天,"运动王国"的纸板箱里有一堆这样的运动衫,亚瑟刚好抢到一件。

一班特快列车轰然驶过车站,在钢铁的摩擦声中,亚瑟听到了母亲说自己会心碎而死时的哭声。

亚瑟把手伸进裤子,掏出钱包。棕色的皮革。去年圣诞节收到的礼物。当他看到圣诞树下放着梅西百货的袋子,标签上还写着他的名字时,便知道肯定是高档货。他把钱包扔在地上。

小偷弯下腰,亚瑟看到他们年龄相仿,但这人个子更高,长着一张长脸和一双呆滞无神的眼睛。他把亚瑟的钱包放进他帽衫的前口袋里,举着刀子往后退去。

正当小偷要离开他的视线时,亚瑟喊道:"嘿,别走!"那人不安地转过身来。"你今晚想在外面打劫的话,还需要件外套。"亚瑟不假思索脱下他的黑色夹克,扔在地上。

小偷的声音异常深沉,不像是从他这副身体里发出来的。"伙计,你是想骗我还是怎么着?"

"外套拿去,"亚瑟说,"捡起来。"

那人走回来,一把将夹克从地上薅起,然后拖着脚向南面的出口走去。

小偷快要走上台阶时,亚瑟又冲他喊道:"你今晚吃了吗?"脚步停了下来。

"没。"一声微弱的回答传来。

亚瑟拾起运动包,自信地走向小偷等他的地方。"那好,跟我走。"他说道,从小偷身边走过,爬上楼梯。当他走到最上面的台阶时,小偷开始跟过来。然后,亚瑟穿过街道,走到一家通宵餐馆的厚重大门附近,小偷赶了上来。

两个人走进门,随便找了个位置坐下。旁边那桌的女人正在用手机的摄像头当镜子涂口红。她的头发看起来湿湿的,她弄的发型就是这样。

小偷坐在亚瑟对面。外套对他来说太小了,他穿着就像个长得太快的男孩。亚瑟看着他脱下外套。然后一个服务员拿着两份菜单走了过来。

"嘿，冠军！"他说，"我们已经打好了你要的蛋白，牛奶新鲜得很，刚从奶牛身上挤的。"

亚瑟指着小偷说："这是我朋友，马库斯。"

服务员把笔别在耳朵后面。"我看得出来，"他说着，看了眼他们身上一模一样的运动衫，"你们是双胞胎，对吧？"

亚瑟笑了，但小偷只是坐在那儿，仿佛在等待着发生什么。

亚瑟说："我要一份蛋白卷，配蘑菇和胡椒。"

"家常炸土豆要吗？"

亚瑟摇摇头。"我正在努力为一场大战增重。"

服务员转向小偷。"你呢，老板？"

"呃，跟他一样吧。"

"你要家常炸土豆吗？"

"他饿了，"亚瑟说，"给他双份的。"

"想喝点可乐之类的吗？"

"好，要一杯可乐。"小偷说。

"加冰块和柠檬吗？"

"加。"

服务员在便笺簿上记下，然后离开。

"马库斯？"小偷对亚瑟说，"我不叫马库斯。"

亚瑟能闻到烹饪食物的味道，这感觉不错。

"我该说什么？劫匪？混混？拉皮条的？鸭店老板？"

小偷笑了。"你为啥对我这么好，伙计？你是信教还是怎么的？"

亚瑟低头看着自己的手。指关节肥大，慢性瘀伤阵阵作痛。

"不，我是个拳击手。打了十二场——并且，有十次在首轮就把对手K.O.了。马上要打第十三场了。冠军争夺战。"

小偷在座位上动了动。"有那么一瞬间，我以为你会打我。"

"没错，"亚瑟说，"我是这么想的，但现在我们只是两个坐下来一起吃饭的人。"

他惊异于自己变得有多像他母亲。

食物端上来后，他们大快朵颐，没有说话。小偷打开煎蛋卷，把胡椒一粒粒挑出来。亚瑟看着他把胡椒粒堆在吐司盘里，旁边是闪闪发光的黄油薄片。

然后一名洗碗工走了出来。他今年十六岁，十三岁从墨西哥越境来的。洗碗工从机器里拉出架子时把工作服弄湿了。亚瑟叫他也坐过来。然后服务员给小偷端来了黑咖啡和更多的可乐。

"你不干活的时候，"亚瑟对洗碗工说，"到体育馆来，我给你练练。洗了这么多的罐子，你的肩膀变得很结实。"

男孩笑了，然后喝了口咖啡。

然后小偷把身子向前倾。"休息日,"他对洗碗工说,"去体育馆①。听懂了吗?"

等他们喝完咖啡,男孩回到厨房后,亚瑟问小偷既然他会说第二门语言,为什么还要抢劫。

"有个专门的说法,"亚瑟说,"双语使用者。如果你懂两门语言,怎么不学五门呢?怎么不学二十门?"

小偷笑了。

"我没开玩笑。你真名叫什么?"

小偷开口说话时,亚瑟注意到他有些口吃。

"威廉。"

"比利?"②

"没错。"

"跟比利·格雷汉姆一样——他是来自纽约的拳手,老前辈了——打败了许格·雷,那时他俩跟咱们现在的年纪一样大。他一辈子打赢了一百零二场。"

"你赢了几场?"

"十二场,但我跟你说过,我马上要打一场大的——你想来看吗,我可以让你坐在最前排。"

---

① 这两句话是用西班牙语说的。
② "比利"是"威廉"的昵称。

小偷在座位上不安地动了。"我刚刚抢了你的钱啊，伙计……"

亚瑟感到体内信心翻涌。"呃，你一没死，二没坐牢，也许是时候重头来过了？"

"我不配。"他苦笑道。

亚瑟犹豫了，他不清楚这人是不是曾经在抢劫时杀过人，或者加入了某个帮派。但他还是脱口而出：

"永远也不迟，威廉。你住哪儿？"

"和我叔叔一起住。但他想让我搬出去。"

"为什么？"

"因为他女人说不喜欢小孩。"

"你多大？"

"十五。"

"爹娘还在吗？"

"我妈在弗吉尼亚，跟她第三任老公以及这男人的几个孩子住一起。没见过我爸。"

"我也没有，"亚瑟说，"他真可怜。"

"你为什么这么想？"

"因为，等我拿了世界冠军，买辆兰博基尼，在第五大道上飙车，穿皮草大衣，买艺术品，我靠，他那时得有多后悔！"

威廉笑了。"梦想不小啊，伙计，佩服。"

"你的梦想呢?"

"我只不过凑合过罢了。"

"我可以教你拳击。你手臂长,这很加分。要是你打扫更衣室的话,我也可以付你一点儿钱。"

"我不喜欢打架。"

"认真的吗?"

他俩都笑了。

"那么,你怎么还在干这个?"

"得吃饭呐,伙计,我叔叔屁都不给我,我还得存点钱,说不定哪天他就把我扫地出门了。"

亚瑟看向他们吃得精光的盘子。看向小偷在配菜上堆起的胡椒粒。

"那你可以回去上学。"

"我做不到——你懂的。"

"我懂。"亚瑟说着,想起了那些杀了他的鸽子的男孩。他不知威廉是否有一颗如同咆哮烈犬般的心脏。但他随后察觉到他并没有。他的心很可能只是一个空空荡荡的地方,什么也没有。

服务员端着放着账单的塑料托盘走了过来,威廉没注意到,只是坐在那里。

最终,亚瑟不得不开口。他以为小偷会再次发笑,但相反,他脸红了，然后把手伸进帽衫，掏出棕色钱夹放在桌子上。亚瑟接过来，拿出几张钞票放在托盘里。托盘里还有薄荷糖。圣诞糖。带绿条纹的白色环形硬糖。亚瑟想知道威廉叔叔的家在哪里——威廉是不是有自己的房间，床是不是铺好了，毯子是不是粗糙的，有没有洗过。他是不是把人像海报从杂志上剪下来贴在墙上，或者，墙上的油漆是不是正在剥落，石膏肿胀发霉的地方是不是有水圈晕开。亚瑟拿出藏在公交卡和已经磨损的母亲、鸽子萨姆和迈克·泰森照片之间的二十元救急钞票。

"你干什么？"小偷环顾四周说，"干吗给我钱？"

"我不是给你——我想买你的刀。"

那晚亚瑟回到家时，母亲正在电视机前打瞌睡。她穿着浴袍，神情疲倦。

"我很担心你，"她说，"现在都几点了？"

"你不用担心我，"亚瑟提醒她，"我从没打过败仗，记得吧？"

"饿不饿？"

"不饿，刚吃过。你明晚在家吧，妈？"

"应该在吧。"

"很好，我有个朋友要过来学做饭。"

母亲盯着他。"朋友？"

"没错。"

"体育馆的吗?"

亚瑟点点头。"也是个斗士。"

搭 便 车

黄昏时分，本知道自己到了伯明翰北部，如灰色石头王冠一般环绕着这座城市的高塔已在身后。晚上几乎不可能有顺路的车搭。只有等车开到跟前人们才会注意到他，没时间做决定。

他从来没走过这么远的路。回家的路上，他走到了两座村庄之间，便伸出拇指，发出想要搭便车的信号。只需等十分钟，也许就会有拖拉机或者学校的熟人停下来让他爬上车。

他现在离德文郡有数百英里。春天刚到，暖和了几天。空气里有长长的杂草的味道。

倘若天黑前没搭上车，本计划爬到一排树后，拿出背包里的睡袋铺开，然后钻进去，一直躺到黎明的曙光将他包裹。他得躺低一点儿，免得被车灯扫到。他确信早上会有刚装好货的卡车缓缓驶向曼彻斯特和遥远的北方。

他有钱吃饭，但不够住旅馆或者买张去苏格兰的火车票——有人承诺，他过去就会给他一份跟同龄人一起干的工作。

很快天就全黑了。本好奇他会不会看到妓女，或者别人是否会把他当成男妓。然后，一辆轿车出现了。他举起胳膊，一动不动地站着，好让司机看到他的眼睛。令他吃惊的是，车停了下来。他赶忙跑过去，把肩上的背包甩下来。

女人个子挺高，座椅调得很靠后。她身穿健身短裤和运动夹克，赤脚开车。

"我通常不干这种事，"她说，"但我为你感到难过。"她告诉本，她名叫黛安，住在沃尔索尔，今年三十四岁——是本年龄的两倍。

"有时候我睡不着就开车，"她承认，"你也许觉得我在浪费汽油吧。"

本想到了她裸露的雪白大腿，但他不允许自己往下看。本说，她不该开到离家太远的地方。也许把他放在最近的一个路口就好。但是当他们接近第一个出口时，她不像是要停下来的样子。过了一会儿，黛安下了高速，开到一条没有灯光的岔道上。远处的通宵加油站灯火通明。

"可以的话，把我放在那儿就好。"本说。

到了停车的空地上，车内充盈着黄色的灯光。本现在可以看清女人了。深红色的头发，两颗门牙间有缝隙。

她解开安全带，然后从车门袋里拿出一双拖鞋。

"我最好加满油。"

本不知道她是想让他走,还是为了开更远而加油。他下了车,站在车门旁。

"我想去下商店,"他说,"我把包放你车上,可以吗?"

她抬起头,本瞥见了她试图用长发盖住的脖子上的胎记的外缘。

"别担心,"她说,"我不会把车开走的。"

一个骑摩托车的警察站在那儿,穿着黄黑相间的制服,像一只黄蜂。他正搅拌着纸杯里的咖啡。他的收音机传来噼噼啪啪的响声,他便关掉了收音机。厕所墙上有人们涂写或抠出的自己的名字。出去的路上,本注意到一个侧面贴着冰淇淋图样的冰箱。

黛安在车里,发动机开着。本打开车门,递给她一个雪糕。

"上车,"她说,"我不能把你丢在这儿。"

他们吃着雪糕,没有说话。初春天气暖,黛安不得不开扇窗。一转眼,一个小时过去了。

她告诉本她在连锁餐厅打工,然后说:"我真失败,等回到家,我已经厌倦了给别人做饭——就用微波炉随便热点东西对付下。"

她在北安普顿长大,但她小时候就去过德文郡,那时她家有一辆房车。她记得车上放着折叠桌、潮湿的床和一台自带天线的小电视。黎明时分树上传来鸟儿的啁啾。她会和弟弟一起奔跑,直到突然担心他们跑太远了才停下。一辆货车运来新鲜的海扇，那感觉就像他们把大海吞进了肚子里，她说。后来，还有熬夜带来的兴奋感。海滨附近的长椅。薯条放在腿上的重量。夜晚降临，如同拆开一份热气腾腾的奖品。

一天，她父亲下班回家，说他们停在仓库的房车被偷了。小偷一定是从那条双行道上看到的，然后夜里跑回来撬开了仓库大门。

本假期都在农场帮忙，晚上泡酒吧。有时他们都喝醉了，跌撞着爬上达特穆尔高地。

黛安笑了，她的头发被风吹到脸上。本看着她把头发撩开。

然后路上出现了布莱克浦的路标。

"我们走。"黛安娜说。

"但是你已经离家很远了。"

"没事，"她说，"这会是一场探险。"

他们在凌晨两点前抵达。本很担心会出现一群群喝醉了想打架的男人。但街上空无一人，只有几只海鸥，体型巨大，让黛安大吃一惊。许多旅馆都用木板封了起来，曾经挂着字母的地方已是锈迹斑斑。一些建筑已经没了屋顶，或者窗户被街上扔来的石头砸破，就像瞎了一样。尽管如此衰败，黛安仍然说布莱克浦有让她开心的地方。

"这地方曾经辉煌过，"本告诉她，"在战争时期。"

"那也许我感觉到的是别人的幸福化作的幽灵。"黛安转向海边说道。

当他们看到一家通宵营业的炸鱼薯条店亮着灯时，本说他们可以吃点儿东西。饭店灯火通明，散发着油脂和醋的气味。一个穿着白色大衣的老人交叉着双臂倚在油炸机上。他的头发剪得很短，脸上没刮胡子。在给炸鱼和热气腾腾的薯条撒上盐和胡椒后，他举起一个番茄形状的塑料瓶。本摇摇头。

"好样的，"店主说，"纯粹主义者。"

黛安把车停在海滩的台阶附近。食物的气味很快盈满汽车。他们可以看到布莱克浦塔，有一些灯还亮着——但主要景点都关闭了。

黛安娜下了车，赤脚站在人行道上。路上有一只海鸥，扑腾着翅膀试图把一个纸盒里的东西倒出来。海滩上的石头路不好走。黛安娜找了个地方坐下，说车里有一条毯子，本便回去取。他好奇要是把车开走会怎样。黛安是否会不好意思告诉警察她载了一个搭便车的人。

透过黑暗，他们能听到大海的声音。黛安拿起毯子的一角，盖住了她的腿。食物袋里只有一只吃鱼的叉子——本递给黛安，她叉起一根薯条，然后又把叉子还给本。他们能听到海浪的声音，闻到盐水的味道。

"我佩服你,"黛安娜说,"想去哪儿就去哪儿。"

本掰开了热气腾腾的鱼块。"你让我上车真是太冒险了——万一我是坏人怎么办。"

"也许不是个好主意,对吧?"

"不过你遇到的是我,所以我们正在海滩上吃薯条。"

下一口是白色扇形的鳕鱼片。

"想象一下这条鱼被抓住前去过哪些地方,"本说,"看过哪些风景。"

这顿饭吃了很久,因为他们有很多话要跟对方讲。本一有问题就问出来。任何问题都行。没有所谓的愚蠢问题或隐私问题。他不知道一段恋情是否就是这样开始的。他吻过几个女孩,甚至还有一个在夜店醉酒说要离婚的老女人。但是他从来没有彻夜长谈过,没有告诉过谁那些无人知晓抑或有兴趣问起的事情。

吃得只剩下鱼皮和几块硬硬的炸面糊了,油油的包装纸差点儿被风吹跑。黛安在半空中抓住包装纸,然后用几块石头压住。

本不知道他现在是不是该吻她。他试着想象他的朋友会说什么——要是他什么也没做,他们会有多失望。

但接下来,黛安站起身,他们跑进水里,一路上有贝壳和很多海藻。贝壳在沙滩上闪着白光,像施了魔法。黛安用脚把一枚贝壳翻了个面儿。他们不太看得清大海,只有一团漆黑,偶尔会有白点伴随着尖锐的喘息声沿着地平线移动。感觉整个世界空无一人,好像他们所知晓和指望的一切都已终结。

他们回到毯子上时,黛安盯着他看了好长时间,本觉得可能会发生点儿什么。他从夹克里拿出一瓶苹果酒。

"我家附近的一个苹果园酿的,叫作西部乡村果园,种的是'彭德拉贡'和'绯红皇后'。'彭德拉贡'是血红色的,流出来的果汁是粉红色的。不是很甜,但可以酿出上好的苹果酒。"本看了眼瓶子,"我把这瓶酒留到重要场合再开,但我忘带开瓶器了。"

黛安从他手里接过酒,用车钥匙撬开了瓶盖。

"我哥教我的。"

"为他干杯吧。"本说,苹果酒起的泡涌了出来。

黛安举起手臂。"敬我哥安德鲁。"

"敬安迪[①]!无论他今晚在哪儿。"

本坚持让黛安先喝。吃了咸咸的食物后,喝着很清爽。

"那安迪在哪儿?"

她把瓶子递了回去。

"他死了。"黛安说。

"天呐,节哀。"

"那是他十七岁生日的前一周。他最后跟我说的几件事之一,

[①] "安迪"是"安德鲁"的昵称。

就是他没拿到驾照,他很沮丧。他本来想约一个护士出去玩。"

黛安笑了笑,本又看到了她的齿缝。

"安迪就是那样的,"她说,"还记得我告诉你我们的房车被偷了吗?"

本点点头。

"嗯,其实不是的。我父母把它卖了,用来付特殊疗法的医药费。但不起作用。最后什么都没用了。"

本望着天空。在没有路灯的地方,海上非常黑。

"我还在想他去了哪里,"她的声音颤抖着,"死去的人都会去哪儿?"

本想象着那之后的情况。他们强迫自己进食。漫长的夜晚。原本的欢声笑语变成了沉默。他们学着带着心里那块空掉的地方去生活。

他试着想象黛安得知哥哥去世时的表情。

那时,他们的房车应该早卖掉了,车里充斥着别人的声音,薄薄的地毯上踩着别人的光脚,窗帘透下的光晕里是别人盖着被子在睡觉。但在回忆里,房车永远是他们的,永远不会改变或变老,也不会属于别的任何人。

一切都说出来以后,她躺了下来。本也枕着胳膊肘躺下,他们的胳膊碰到了。他等着黛安娜挪动。他不知道她知不知道他们的胳膊碰到了。

几个小时后,本睁开眼睛,猛然坐了起来。一条湿漉漉的狗站着,嘴里叼着一根棍子。夜色正泻入大海。

他们回到车上时已经快六点了。东方的天空耀眼夺目。铁长凳上的亮白色油漆看起来明亮而精致。

他们聊了一会儿,但大部分时间都一言不发。本注意到她还留着吃炸鱼的叉子。她把叉子放在手刹下面,那儿有一些硬币和一张冰淇淋包装纸。

他们开到一个热闹的环岛时,本说这可能是最好的下车点。正是新一天的清晨。路上挤满了去上班的人。孩子们成群结队地朝学校缓缓走去。

黛安靠边停下,从钱包里抽出几张钞票。

"剩下的路坐火车吧。"

本看着她手中的钱。

"拿着吧,"她说,"为你的旅途带上点儿东西。"

他关上车门,他们透过玻璃彼此凝视,但他只看得清她的轮廓。从这一次开始,他一次次试图记住她的脸;从这一次开始,他一次次寻找某些人,却遍寻不获——那些人从他生命中消失,他却又因此变得完整。

最悲伤的真爱故事

上周我收到了一张从意大利寄来的明信片，起初我以为是寄错了。明信片上的信息很短，说了件私事。寄信人的父亲在首尔的一家护理机构"安详地辞世了"。明信片上用黑色墨水笔签了一个我没有立马认出来的名字。但后来，回忆便涌上心头。那是几年前，我在佛罗伦萨和素妍共度的一个夜晚。她与我谈起她的父亲，以及她父亲做过的事。

岁月流逝，我已经忘了这件事。然后，一天夜里，我正坐在游泳池边看直升机绕着峡谷盘旋，这时我妻子端着一托盘的酒水出现了。

"女孩儿们放学了吗？"

"在打排球、玩乐队呢，"我妻子说，"我想我们可以在她们回家前来杯鸡尾酒。"

托盘上的酒杯旁摆着那张从意大利寄来的明信片。我妻子朝着明信片点头示意。"素妍是谁？你在欧洲遇到的人吗？"

"是泰迪的一个朋友。"

"佛罗伦萨的吗？男的女的？"

"女的。"

"她为啥想让你知道她父亲死了？你在那边见过她父亲？"

"没有，她跟我谈起过她父亲。"

妻子舒服地睡在躺椅上，徐徐喝着酒。她穿着我从佛罗伦萨免税店里给她买的红色厚底帆布鞋。

我只在那儿待了一个下午和晚上。我想，这段时间够我参观几座教堂，让衣服沾上香火的气息，再驻足于几幅画作和雕像前，比如《天使报喜》或者《维纳斯的诞生》。泰迪是我妻子的朋友，在那边做全职工作，他要到布鲁克林见他新画廊的老板，所以我可以住在他的公寓里。

我个人对佛罗伦萨一无所知——只看过妻子书桌上一本历史书里的几幅插图而已。一定还看过其他图片，但我只记得图上的处决场景。一堆堆燃烧的木头，异教徒的身体被绑在柱子上。另一张图上画的是为某种持久的公开酷刑而建造的行刑台。

泰迪是一位美国画家，他特意搬到一个不可能发展现代艺术的意大利城市，这样他搞现代艺术便没有压力。他的公寓在市中心。他在一封邮件里描述过它：一扇古老的前门，木头里嵌着钝了的长钉，附近有一个卖食物和报纸的小摊——甚至还有一个佛罗伦萨式的理发店，店里有几张拉绒面的钢椅，橱窗里放着几瓶绿色的须后水。这套公寓位于一栋十五世纪建筑的二楼，楼下是一家香奈儿精品店，在中世纪曾是个马厩。现在钱夹和包袋挂在以前挂缰绳的位置。

公寓钥匙在店里的一个女孩手上。我下午过去时，正有一群游客排队等着进店。我和警卫说了，他便让我进门等。当时素妍和一位顾客在一起，最终做成那单生意后，她带着钥匙走了过来。钥匙管挺长，但不复杂。光滑，锈棕色，挂着一条钥匙链。红色的心形漆皮挂件。素妍的指甲也是红色的。她咧嘴笑了，我注意到她有几颗牙齿不整齐。

那晚她会提早下班，下班后她想带我步行去米开朗琪罗广场。要真正体验佛罗伦萨，她告诉我，就必须彻底离开这座城市。我从未享受过壮丽山河或日落，反而偏爱一枚树叶的小巧之美，抑或一汪水坑的奇特。但在我想到借口之前，她就已经悄然穿过地毯，走向一堵摆满镶了宝石的钱包的墙，几个人在那儿等待。她有一头黑色的直发，雪白的肌肤，鼻子周围有雀斑。素妍的衣服很贴身。她穿着一双黑色高跟鞋，鞋尖各装饰有一颗珍珠。

泰迪的公寓铺着石质地板，墙壁触感冰凉。天花板有十五英尺高。房梁上挂着蛛网。距我站的地方几英尺开外，人们在过去的数个世纪里死亡、出生。两间主卧被绷在深色木质画架上的巨大方形画布所占据。房间里弥漫着亚麻籽油的味道，画作上盖着被单，仿佛象征着这些画离开造物主后便已死去。

我冲了个凉水澡，然后出门去。市场上人潮熙攘。我停下来给女儿们买了几罐马口铁罐装的巧克力杏仁，然后跟在几个旅行团旁边竖起耳朵听。有些商店在卖蕾丝衣领，我买了三个。店家把衣领放平整，用粉色的薄纱包好。

回到公寓前，我选了半条面包和一些用报纸包着的西红柿。百叶窗关了，现在公寓很暗。我走了很长一段路，心情平静，又想睡觉了。我脱掉鞋袜，把脚放在石砖上凉快，然后去厨房，拧开水龙头，用手捧水喝。喝了几大口后，我去露台上就着黑胡椒吃面包和西红柿。露台上的家具是塑料的，已经褪色。有几把椅子已经翻倒在地。还有一把椅子坏了一条腿。我想象醉酒的人看到同伴摔得人仰马翻时哈哈大笑。还有几个空瓶子和烟灰缸，烟灰缸里漂着烟头。

吃饱喝足后，我满足地坐下来看书。但我马上想起了素妍，所以我很快刷完牙出了门。商店关门了，但灯还亮着。她在门边等着。她换了套衣服，穿着朴素的平底鞋。她把头发梳成了马尾辫，要不是脖子上还围着一条香奈儿丝巾的话，她看上去就像个学生。

我们走了几步，我便感到腿有些乏了。我想，要不不走了，去找家餐馆。傍晚炎热，还有一段陡坡要爬，这会是一场长征。但是我感到无力让正在发生的事情停下来,仿佛不按着素妍的计划走反而会消耗更多精力。

穿越阿诺河后,素妍开始问问题:我怎么认识妻子的。我的两个女儿多大了。我有没有养宠物。我友好地回答,但太累了,没有说得太详细。

然后她打开了话匣子。首先说起那家店。她给香奈儿打工。老板是罗马人。她给模特穿衣服。每年卡尔·拉格斐①都会寄来圣诞贺卡。然后她谈起她的母亲,以及她在韩国长大的经历。街上的人群此时渐渐散去,我们可以并肩漫步,就像真正有话聊的旧识一样。

她来自首尔郊区——一个我无法想象的地方。她家是一间两室公寓,楼下有一条高速干道。厨房里种满了绿植。有些植物的叶子可以吃。她告诉我,公寓被高层建筑和自助洗衣店所包围——从她房间的窗户可以看到一个高尔夫球场的外缘。

素妍母亲怀上她的时候十八岁。她是个身材娇小的女人,白天给人打扫办公室,晚上窝在沙发上看肥皂剧,双脚整齐地蜷在身子下面。战火让她三岁时成了孤儿,她的心一直在寻找一个可以停泊的地方。

---

① 卡尔·拉格斐(1933—2019),知名设计师,曾任香奈儿时尚总监。

素妍的父亲年龄要大得多。商人。打高尔夫。他常常工作到深夜,爱穿一套带白色细条纹的灰西服。从写字楼里的所有人中,在几百号工人里,他选择了她——素妍的母亲。

一开始他只是朝她看。后来开始问候几句。再后来,他拧开她的清洁瓶放花进去,还留下便条,上面写着与实际情况相反的天气预报来逗她笑。她把他的工位留到最后一个打扫,这样一来,他要是想见她,就得工作到更晚。给他倒废纸桶和茶叶罐是素妍妈妈期待的事。她那时还年轻,想留着她的商人碰过的所有东西。

要是四下无人,他的手有时会触碰她的手。她感到自己的身体从一次无法穿透的长眠中醒来。有很长一段时间,他们都保持着地下恋,因为商人在首尔市外住,有一套房子,有妻子,有十几岁的女儿,还有一只小灰猫。

素妍妈妈从肥皂剧里学到,幸福往往是有代价的,一旦人们的人生纠缠在一起,就永远无法解开。痛苦往往证明值得。

后来有一天,他出现在她家门口。外面天已经黑了。他的领带解开了。她想让他进屋。

事后,他们十指紧扣,听着电视机传来的声音。开着百叶窗,他们能看见这个城市的一切灯火。

素妍出生时,她妈妈已经离开了写字楼,在一家小工厂做清洁。那家工厂更脏,给的钱也更多。她没有见她的商人,但其他工人意识到有事发生。

素妍出生那天他并不在场，只是付了同一栋楼里一间新公寓的钱。又是一个异常狭小的房子。只住得下两个人，但夜里她们能听到彼此在梦中翻来覆去的声音。

素妍第一次见父亲时三岁。他来到她们家，吃了放着蟹肉棒的面条。之后，他坐在沙发上看着素妍，问她问题，但素妍只想玩。那时素妍在妈妈上班的工厂附近的一座塔楼里上幼儿园。

素妍记得她有多喜欢爸爸。但欢声笑语后只剩下离别的伤感。

一天，他们一家人都去了动物园。素妍在一个个笼子间来回跑动。她的父母走在后面，拉着手。素妍以为这是个开始，但没想到却是结束。

一周后，素妍的妈妈来学校接她，脸上有瘀伤。她的嘴唇肿了，老师问她是否还好，她只能点点头，这比说话更容易。素妍揉揉妈妈的脚，给她端了一杯绿茶，给植物浇了水，擦了窗户。素妍的爸爸好多个月都没来。这段时间，妈妈偶尔会喷上香水，趁素妍睡着时溜走，然后她就会听到说话声和压低的笑声。是个男人的声音，但不是她爸爸。

冬天，他又出现了。他在一个停车场等她，他的身体颤抖着，炉火中烧。素妍的妈妈告诉大家，她在冰面上滑倒了。断掉的那根肋骨让她疼得没法昏过去。她的呼吸变浅了。有一只眼睛看上去永远不会再睁开。

工厂老板把她叫到办公室。他从咖啡机器那儿接了一杯咖啡给她。那时候还只有纯咖啡，从喷嘴进入棕色的杯子里。他头发花白，员工背地里管他叫"老爷子"。老板听了她的故事，于是走到另一个房间，打电话给妻子。妻子叫他让那女孩和她女儿在工厂住一周。也许那个虐待狂会认为她们已经逃走，然后就会放弃寻找她们。

车间上方高悬着一间玻璃办公室，老板喜欢在那儿看车间操作，招待访客。办公室灯一直亮着，得走一个金属楼梯上去。工厂后部有一排大房间。一些房间铺着紫色地毯，放有文件柜，另一些房间则放着巨大的橱柜，里面装有备用厕纸和清洁用品。最大的房间里有床和淋浴间。机器是找中国的技术人员过来修理的，有时候订一个零件要好多天才到货。技术人员不可以在房间里吸烟。他们会和工厂员工说笑，展示家人的照片。

老板给素妍的母亲准假一天，让她傍晚拿一袋她们在这儿要用的生活用品回来。素妍的母亲想了个构思精巧的往返计划，这样工人们便不会知道她睡在中国技术员的公寓里。每天，她都会早早带素妍去日托所，然后坐在公园里，等到正常时间再到工厂去，这才安全。

傍晚她会去接女儿，然后散步，再吃点东西，八点后回到工厂。素妍记得日托所外面的木头路标,上面画着孩子的脸庞。她曾经觉得其中一张脸是她自己。但其实这些脸庞代表了所有人,而非具体某一个人。

我们快爬到米开朗琪罗广场的最高点时,日光像黄金织物一般洒满街道。

素妍说她记得最清楚的部分,就是被允许在车间骑着三轮车来来去去。机器关掉后很安静。她在那里感觉很好。她记得地板很光滑。提速很容易。一条走廊里有纸板和油的味道。另一条有热塑料的气味。这是一家玩具厂。这真是梦想成真啊,素妍告诉我,只可惜他们睡觉的房间有烟味。

有个小茶水间,里面有几台冷鲜柜,柜子里放着沙拉和绿茶罐。附近有一个没上锁的房间,里面存放着所有坏掉的玩具。素妍最想去探索那个房间,但被妈妈禁止。然而,在工厂待了一个星期后,她还是得到了一次机会,因为素妍的父亲发现她们去哪儿了。

已经半夜了,但他在外面大吼大叫,把主入口的大门弄得咯咯作响。

素妍妈妈跳下车,和女儿一起跑到放置不合格玩具的房间里。玩具装在巨大的箱子里。她们可以躲在娃娃下面,等他离去。素妍被举起来放到一个箱子里。然后她妈妈也进来了。塑料味很浓烈。

素妍想玩，但她应该控制双手别乱动。

过了一会儿，她们探出头来，侧耳听着。素妍说，现在回想起来活像惊悚卡通片。叫喊声停了，门也不再吱吱作响。她们多待了一会儿，确保万无一失。她们一个一个地查看玩具来打发时间，检查每个娃娃，试图弄清楚哪里出了问题，这些娃娃为什么被放在这儿。

天色晚了，她们弄清了质检标准，然后一起吃绿茶慕思。素妍的母亲在拿慕思杯的地方堆了一叠硬币。食物让他们开心，所以她们拉着手在工厂里到处走，唱着从电视上学来的歌曲。然后突然，他站在她们面前。他的灰色西装撕破了，露出像白色舌头般的衬衫。然后他冲了过来，抓住素妍妈妈的手腕。

"快去玩具屋！"她冲女儿喊道。

素妍躲在一台机器后面，看着母亲挣脱他，跑上金属楼梯，奔向高悬的玻璃办公室。素妍的父亲追着她，仿佛这是他们玩的一场游戏，仿佛发生的所有事情在很久以前便已成定局。

一进玻璃房子，素妍的母亲就锁上门，素妍的父亲一遍又一遍地喊着她的名字。然后他不出声了，狂暴地猛拽门把手。然后他试着踹门，但门还是不开。素妍的母亲就像一条被困在碗里的鱼。然后他用手砸门，玻璃碎掉了，他把双手伸进来，从里面把锁打开了。素妍妈妈跑到后面一个角落里，举起双臂保护自己。可他没有打她,而是平静地走向办公椅,坐在电脑前,仿佛在办公似的。

不知怎么的,素妍说,她离开了藏身的地方,然后爬上金属楼梯,朝玻璃办公室走去。她知道有一个印着红十字的橙色金属盒子。她以前见过。学校里也有个一模一样的。里面装满了药和白色丝带。素妍走到楼梯顶端时,办公室非常明亮,满地的玻璃碴。

妈妈蜷缩在地上,抽泣着,然后看到女儿站在那儿。"去玩儿吧。"她虚弱地说。

坐在办公椅上流着血的是爸爸。那个在动物园牵妈妈手的男人。素妍在地毯上玩耍时喂她蟹肉棒的男人。他的脸颊和衬衫的白色领口上也有血迹,但血大多滴到了地板和他的黑鞋子上。

素妍拿到橙色盒子,打开盖子。她并不害怕。她拿出两卷绷带,走向父亲。她可以清楚地看到他的眼睛。他的眼神让她感觉很好。素妍拿起绷带,一圈一圈地缠。她一心想把绷带拉直。她以前包扎过娃娃,但这个男人不是娃娃。起初,点状的血渗了出来,像在凝视的眼睛,然后绷带就一直是白色的了。素妍妈妈站了起来,在一旁看着。爸爸的手现在什么也做不了,只能举在空中,仿佛他对玩具厂里发生的一切感到惊讶。

此刻,我和素妍已经到达了最高点——一个挤满游客和纪念品摊子的微型广场。太阳差不多完全落山了。河里不再闪着光,街道也褪去了金色的光芒。

素妍说那晚以后她再也没有见过父亲。但十九年后,母亲拨通了素妍在佛罗伦萨公寓的电话,说父亲在单位昏倒了。清洁阿姨发现他躺在桌子旁的地毯上。他还活着,但说不出话,身体有一侧动不了。

接下来的几年,素妍的母亲会去复健医院探望他。她已经快二十年没见过她的商人了,但承认他们有信件往来。

起初她每两周去医院一次。后来变成每周一次,再后来一周两次。她念言情小说给他听。摸摸他的手。搓搓他的胳膊,试图在他什么也感觉不到的身体部位唤醒知觉。她把女儿在欧洲的故事讲给他听,把她一路长大的照片给他看。他的另外一家人不常来。但要是被逮住了,素妍妈妈打算说她是他上学期间的挚友的妹妹。

素妍确信她妈妈有一天会遇到那家人,但这从未发生。

探病后,她及时回家看肥皂剧。从她追每一部剧以来,发生了好多事呀——好多被毁掉的人生得到了救赎。

有时她会拿上女儿从意大利寄来的所有明信片,放在他病床旁的桌上,摆开。护士说他看得见,也听得到。素妍妈妈从来没给素妍发过一张他们在医院的合照。她第一次看到,就是在她床边的相框里。

下坡路上,素妍抓着我的胳膊保持平衡。她问道,这是不是我听过的最悲伤的真爱故事?

她就是这么想的。

我们回到镇上时,街上满是晚饭后散步的游客。一些父母让孩子在他们前面跑向纪念品商店。咖啡馆里坐满了聊天的人,用很小的杯子喝着东西。

素妍不住在佛罗伦萨市中心,得坐公交车回家。我陪她在公交站等车。车灯亮起时,她问我想不想去看看她住的地方。

在步行回泰迪公寓的漫漫长路上,我想起素妍映在公交车窗上的脸,以及她回到家时的寂寥。她会放下包,踢掉鞋子,无声地在她的住所里穿行,独自一人,而心却装得满满的——记忆中的音容笑貌,如同没被浇灭的火焰般盘桓。

我想起我们夜里一起坐在台阶上的画面。

她触碰我手臂时的感觉。

快要升起的月亮。

为她父亲的双手缠上白色丝带的画面。

清晨,我按照指示把钥匙锁在公寓里。然后我去了天主圣三广场上的菲拉格慕博物馆。博物馆里有萨尔瓦托[①]家里的画,还有这

[①] 即萨尔瓦托·菲拉格慕(1898—1960),意大利鞋类设计师,奢侈品牌"菲拉格慕"的创始人。

名设计师年轻时的照片。有一面墙展示着木制的鞋楦子，木头上刻着名字：奥黛丽·赫本、英格丽·褒曼、温莎公爵夫人……

博物馆后部的一个黑暗角落里放映着一部经典好莱坞影片。几个身穿亮片裙子、画着红色口红的年轻女子，其中一名演员是玛丽莲·梦露。她有一头银发和完美的眉毛。

素妍曾说过，她的母亲跟十几岁的少女一样美。

这就是父亲爱上母亲的原因。

这就是她在写字楼里打扫卫生时吸引到这样一位重要商人的原因。

我妻子拿起明信片，念出素妍写父亲在韩国的护理院安详去世的部分。我以前没有这样想过，但此刻我俩都同意，这是我们听过的最悲伤的真爱故事。

守 门 人

苏菲坐在市中心一家爵士俱乐部的前排。已经快凌晨三点了，但她戴着墨镜来掩饰自己是盲人的事实。有那么一会儿，舞台附近的一位老人想象她来这里是为了遇见像自己年轻时那样的男子。

音乐家停止演奏，人们起立鼓掌，苏菲在一团香烟烟雾中站起来，走得很慢，其他人以为她喝醉了。她没有找到台阶的希望，所以她用身体斜靠着舞台，用胳膊肘和膝盖来感知。

音乐家们已经混入了人群。只听见人们一边抽烟一边爆发的阵阵笑声，以及离开座位拖着脚走向酒吧的声音。

苏菲来到舞台上，试图在不撞倒话筒架的情况下找到钢琴。她的双手左右摸索，仿佛在指挥一般。她扫过低音大提琴的边缘和卵石般的扩音器顶部。然后是一条凳子腿，和她的芭蕾平底鞋的皮革曲线连成一片。人们好奇地看着她，等着有人把她从舞台上带下来。

这是一架旧钢琴。苏菲一闻就知道。因为琴槌磨损了，音色会变干。她紧张得不敢调整座位,直接张开手指来感受键盘大小。音符是必须按照顺序精确进行的步骤。她开始弹了,琴声柔和,出乎意料。人们听着。

然后一张脸出现在舞台的角落。那是四重奏的领头。他以前听过这首歌。他知道这首曲子有多难。其他音乐家靠近了,但他伸出手臂,示意他们停下。现在除了这位孤独钢琴家的手和桌椅上翻滚的烟雾外,一切都静止了。她的一头金发用发夹别了起来,露出像琴键一样白的脖子。

王雷走上舞台,斜靠在话筒架上。

"我记得你。"他说。

盲女咬着嘴唇,太阳镜后面的眼睛眨了眨。观众认为这很有趣。王雷把他的小号从支架上抬起。围观者把这当成演出的一部分。

其他音乐家站在那儿,摆好姿势,准备接受上台的信号。但小号手用一个眼神稳住他们,然后把他的乐器举到嘴边。

酒保们看着,双手埋在冰里。从来没发生过这样的事,没有观众干过这种事——大家都认为这个女人喝醉了酒。

那个拿小号的人是一位传奇爵士音乐家。他在日本和德国开音乐会,门票提前几个月就售罄了。人们说他可以用呼吸控制你的情绪,说他在学说话前就开始学音乐——他直到二十岁才离开唐人街——他住在一个小巷里的一家非法宠物店楼上，为动物们演奏——他的第一个小号是在垃圾桶里捡的。

实际上，王雷出生在运河街一家自助洗衣店楼上的一间闷热的屋子里。那是一九八一年十月十五日。他母亲觉得自己没法把这孩子从身体里一路挤出去。太疼了，她确信他俩都会死。之后，她躺着，说不出话来。空荡而又充盈。她颤抖的身体已经被汗水浸湿。

雷的父亲把儿子带到窗前，等微风。他拉起百叶窗，向刚出生的儿子描绘窗外戴墨镜的人。街道两边前前后后停满了汽车。菜市场里的桌子上堆满了一捆捆叶子菜，以及一盆盆的甲鱼和蛙。

"有一天，"他告诉儿子，"我们会一起去那儿挑东西吃。"

他们的公寓有两个房间。一间用来做饭，一间用来睡觉。雷的父母在李渥夜宵馆的厨房打工。

他们公寓楼下的自助洗衣店是方太太开的。下午小雷的父母去上班了，就是方太太带他。她把雷放在一筐毛巾里，在筐里雷可以看到衣服在机器里转动。雷学会爬以后，就喜欢上用手拍打温暖的玻璃门。自助洗衣店早上有股肥皂味儿，晚上是鱼汤味儿的。屋里总是亮堂堂的，穿着帆布鞋的人从烘干机里拿出衣物折叠。地上铺着黑黄相间的瓷砖，还有一张折叠麻将桌。

关掉机器，打扫完房间，放下商店前窗上的栅栏门后，方太太把雷抱上楼，给他喂晚饭。她唱歌时，雷拉了拉他的尿布。她把雷放到婴儿床里,雷在黑暗中摸摸脚,听着角落里传来扫帚的叩击声。

在温暖的夜里,雷睁眼躺着,感受着他讲不明白的东西。然后父母的窃窃私语声传来。他们衣服上有食物和烟的气味。

楼下的街道上,自助洗衣店对面有一家酒吧,音乐家们经常在音乐会后聚在那儿喝酒,演奏只有音乐家才爱听的曲子。

八月天气热,他们常坐在台阶上抽烟。有时他们会把乐器带出去。楼上公寓里的美籍华裔婴儿透过敞开的窗户听着,他永远不会遇见这些男男女女中的任何一个,永远不会知道他们的姓名,永远不会看到他们的脸,抑或跟随他们在琴弦和琴键上翻腾跃动的手。然而,他小小的身体里流淌着他们给予的一切。他们看过、做过的一切。他们曾经想要的一切。

一九八七年一月十四日,在雷家往北四英里的地方,苏菲出生了,她的父母不知道该如何治疗她的失明。他们看了许多医生,各有各的说法。对她来说,童年是声音的震撼,是对有手向她伸来的预感,是喜欢的食物在嘴里的快乐,也是由别人为她刷牙的痛苦和羞辱。

放学后,苏菲常常和保姆坐在湖边的中央公园里,聆听孩子们追逐玩具船的脚步声。她知道万物都有形状、温度和触感——但颜色是她无法想象的。有时她被带到草坪上吃东西。

令她父母高兴的是,苏菲在学校很受欢迎。人们在午餐厅里帮助她,帮她端托盘,告诉她有哪些食物。她被允许不参加某些运动,但无论如何都必须穿运动服。但从来没有人邀请她去中央公园的木偶剧院过生日,或者周末去汉普顿玩。念高中时,她试过组织睡衣派对,但其他女孩儿们却总是很忙。

苏菲最好的朋友是她父母。晚上,他们一起看电视,当屏幕上的角色在无声地亲吻时,父母就会讨论节目的其他细节。但苏菲可以从音乐里猜到个八九不离十。

一年夏天,她去巴黎待了三周。父母从蒙田大街的一家精品店给她买了一件薄纱圆点连衣裙。她曾梦想在法国遇见一个男孩儿,穿着这条裙子被抚摸。

苏菲十五岁的时候,父亲正切着苹果,刀子从手中滑落。肯定出血了,因为她发现父亲坐在地板上,手上拿着纸巾。

医护人员赶到时,苏菲站着听魔术贴和塑胶条被撕开的陌生声音。然后她和守门人斯坦一起站在第五大道上,救护车门关上,爸爸被带走。

斯坦自一九八三年以来一直担当门卫。他每天早上从哈莱姆区坐公交车上班,每晚交班后坐公交车回家。

斯坦在办公室给苏菲找了把椅子,给她煮了些咖啡。收音机在放着音乐,她问斯坦在听什么。斯坦调高了音量。

"你从来没听过爵士乐吗,威尔金斯小姐?"

"我也从来没有喝过咖啡。"她说。

收音机里放的这首歌名叫《通往星星的阶梯》。音乐放完后,斯坦说这曲子是一九六三年五月二十三日在巴黎录制的。然后电台播音员说了同样的话。斯坦点了一份比萨,他们一起吃,等苏菲妈妈回家。

一周后,苏菲和保姆一起进电梯时,斯坦抓住电梯门,递给她一张光盘。

"给你个东西,"他说,"不是咖啡,但也不错。"

两周后,她和父母一起从出租车上下来,斯坦打开门,问她对那些音乐有什么看法。

"什么音乐?"她父亲问。

斯坦怀疑女孩可能已经把碟片弄丢了。她把它放在什么地方,然后忘记了。但苏菲走向斯坦,伸出双臂,想拥抱他。

"如果我继续播放的话,"苏菲承认道,"机器会坏掉的。"

"啊,就是拿来放的呀,"斯坦说,"而且声音要大。"

那晚在回家的公交车上,斯坦意识到他变得有多喜欢这个盲女。他多喜欢为她做事呀。

王雷十几岁时把大部分空闲时间都用在旧货店里,寻找别人不当回事的黑胶唱片。他五岁时全家搬到了皇后区一个更大的公寓里。星期天，父母会带他去法拉盛的一个公园。母亲在草地上铺开毯子，然后他们用塑料碗吃饺子。老人们唱歌，玩游戏。雷常常脱鞋去追鸟。

王氏夫妇强迫他在学校努力学习，希望他成为王家第一个上大学的人。他们买了辆便宜的车，时不时自驾去海滩旅行，还带上方太太——方太太现在已经老了，还和他们住在一起。

雷十几岁的时候攒够了钱，买下了他心仪的小号——一个一九六四年的奥兹特别款。

他七岁时学会了识谱，并用中美社区中心的旧直立钢琴自学。他的老师递给他莫扎特和舒伯特的乐谱，想让他参加音乐会和管弦乐队，但对雷来说，这是他如数家珍的音乐。

人们很少看到他不戴耳机的样子。有几次他在法拉盛过马路时差点被车撞了。他为爵士乐而活。爵士乐是他在乎的一切。因此，十四岁时，父母允许他每周两次乘地铁去哈莱姆区上"吻我威廉姆斯"的小号课——几乎纽约市每家二手商店里都有他的唱片。

王氏夫妇很高兴儿子有爱好，但也希望有一天他能放下小号，拿起化学书。然而，高中毕业时，王雷已经因为他狂热的演奏风格而在大多数地下爵士俱乐部里打响名气，人称"珍珠"或"面条先生"。

一些老前辈说，在雷的音乐里能听出"吻我威廉姆斯"的影子。他们想知道"吻我威廉姆斯"后来怎么样了，是死是活。

苏菲向父母要一架钢琴只是时间问题。钢琴运来的几天后，斯坦在大厅里看到了苏菲。

"我听到这栋楼里有人——我不说是谁——弄来了个又大又吵的东西。"

他们花了几个月的时间找合适的老师。终于，她的父亲给茱莉亚音乐学院打了电话，然后某一天，一个染了黑头发的苗条犹太女孩出现在公寓门口。

"告诉我你喜欢什么，"她说，"我教你怎么弹。"

王雷花了好多年才在小号上找到属于他的声音。他每天练习很多个小时，从不缺课。"吻我威廉姆斯"不仅教他如何演奏这乐器，还教他怎么用行话跟制作人、预订代理以及他日后赖以谋生的录音师打交道。

雷的父母有时会去爵士俱乐部，一边喝热水一边听。他们喜欢看到人们在儿子弹奏高难度片段时赞赏地点头。他们最喜欢的歌曲是《与方太太共度的午后》，是雷在方太太去世几个月后写的。这是他正在创作的专辑《王之道》里的第一首曲子。

雷的老师于一九四七年初在肯塔基州路易斯维尔录制了他的第一首曲子。那时他穿着双排扣细条纹西装。这间衣服现在仍挂在他的衣橱里，但上面满是小洞。不久后，他去了圣路易斯。然后是纽约市。

上完课，雷有时会先去一趟洗手间，再坐很长一段地铁去法拉盛。墙上有一张他的老师和一个女人拍的黑白照片。有一次，雷问，那个女人是不是他的妻子。老人笑了。"那是玛丽莲·梦露。"

"你浴室里怎么有她的照片？"

"因为她为美国总统唱生日快乐歌时——碰巧鄙人在吹小号，汉克·琼斯在弹钢琴。"

有时雷会给他的老师带椒盐虾，或者多加了油炸面包丁的酸辣汤。年轻的学生对老人的生活很好奇，但课上最多只谈到壁橱里的那套旧衣服和浴室墙上的黑白照片。

雷靠演出赚了钱，他想上更多的课，想每天都来哈莱姆。但是他的老师还有另一份工作，有时一大早就出门了。

一年春天，有人亲手把一封信送到了雷位于皇后区的家。这是两张唱片和一份欧洲巡演的邀约。雷在去哈莱姆的火车上又看了一遍，试着想象老师的表情。

但当他把信给老师看时，老人把信还给他，说自己眼神不好，让雷大声读出来。老人听完信的内容，走进了卧室。过了一会儿，他拿出一个破旧的小号盒。

"你有一天会得到一个侧面刻着你名字的新盒子,但在那之前你用我的吧。"

雷从老师手里接过盒子,掸去灰尘。

"我之前都不知道你叫斯坦。"

老师陪他走到地铁站,在最上面那层台阶上告别。"让他们看看我们在哈莱姆是怎么玩的,孩子——别再让他们叫你'面条先生'了。"

二十三岁时,王雷就已经在林肯中心和温顿·马萨利斯一起演奏过,他的第二张专辑在包括日本、德国和瑞典在内的十四个国家都十分畅销。一天夜里,他在卡内基音乐厅开音乐会,进行到一半时他接到第五大道一位大楼管理员的电话。一名工作人员在值班时死亡。雷的名字和电话号码之前录入了员工档案,备注是"近亲"。

大楼管理员想让雷看看遗体,然后带走老人的遗物。有一位来自拉各斯的号手带着妻子来看演出。在下一组曲子开始之前,雷问他是否能代他继续完成这场音乐会。

出租车穿过中央公园时,雷意识到他已经有将近一年没有见到他年迈的师父了。出租车停下来,楼前停了两辆警车,大楼管理员有一些表格让雷签字。如果雷想看的话,遗体在停尸房。大楼管理员困惑于他们居然认识。然后雷跟他说了所有事情:上课、虫蛀的西装、印着斯坦脸庞的旧唱片以及他在白宫草坪上为总统和玛丽莲·梦露吹号，大楼管理员感到不可思议。他以为斯坦只不过是个老头子罢了。

警察离开后，经理走进楼。很安静，像是什么都没发生。雷抬起头，目光扫过镶白边的紫色遮阳篷，顺着大楼的水泥墙往上看。灯大多都关着，但往上数三层楼，一扇开着的窗户传来清脆的钢琴声。

有人在弹爵士乐。他听着，每当车流停下来，他都能听到缓慢而笃定地叩击琴键的声音。雷放下小号盒，坐在一堵矮墙上。中央公园现在很黑，长长的步道上空旷无人。他不知道那是不是他认识的钢琴家，是否跟他一起演奏过。

方太太告诉他，有时人死后鬼魂会四处游荡，去看他们深爱的人。

于是，雷拿出小号，和着飘到街上的几个微弱的小节吹奏。一两盏灯亮起。大楼管理员拿着点燃的香烟出现。

琴声停了，雷放下小号，装在斯坦的旧盒子里。苏菲穿好衣服下楼时，雷已经走了，大楼管理员已经回到他的小房间看棒球赛去了。

当苏菲第二天一早解释她想做什么时，父母认为她是在努力表达悲伤。但一周后，她又再次提出请求，并说服他们这是她必须要做的事。父亲坚决反对。

"至少让我和你一起进去。"他恳求道。

但女儿决心已定。

"苏菲，你不能一个人去，我连想都不敢想。"

苏菲的母亲故意放下咖啡杯。"她明年要上大学了，马丁。那时她就是一个人了。"

苏菲的父亲似乎很受伤。"你应该站在我这边的。"

苏菲想起了她最爱的电影里的一句台词，笑了。"'边'是不存在的，爸。"

所以，那周周末，苏菲的父母开着黑色奔驰带她去了不同的爵士俱乐部，看着她和看门人聊天后进门，消失不见。他们认为她试了一晚上就会放弃，但过了三个周末，他们仍然躲避着醉汉，在布什威克和长岛市的工业街道上徐行——为了寻找开了门的店，门外还站着抽香烟戴墨镜的人。

现场爵士乐和录音爵士乐全然不同。苏菲在每个地方逗留的时间都比必要的长。男人们主动给她买饮料，然后在她告诉他们她是盲人且年仅十七岁时发笑。

后来，在一个周日的凌晨两点四十八分，她走下诺霍区一家小俱乐部里铺着地毯的楼梯，听到他在舞台上演奏小号版的《通往星星的阶梯》。这儿有架钢琴，她只需在幕间休息时走上台，然后开始弹琴。

斯坦那天一早去上班时，就预感到可能会有事情发生。他一夜没怎么睡，胸口疼。他的腿开始麻了。穿好衣服走到汽车站不容易。

往南的途中，他路过一群上学的孩子。穿着校服的男孩和女孩。其中一个男孩长着一双长腿和细脚踝。男孩拿着一个文件夹，快步走着，试图跟上大孩子们的步伐。不知怎么的，那男孩在公交车经过时抬起头，看到一张透过玻璃凝视着他的脸。

斯坦回想起年轻时的感觉。他的房子立在一条泥路的尽头，带门廊。他常常看着母亲给火炉添木头。他回想起母亲的声音，恍若昨日。他想起的不是确切的字词，而是她说话的语气，就像涟漪般漾过他的身体。

他有许多事情想告诉她。他想知道他们会不会重逢。如果母亲能认出他是她儿子，或者，如果回忆注定要被遗忘，被留在这个世界上，那么，就如音乐般再活一次吧。

不　死

《赋格曲的艺术》

（一部由非特定乐器演奏的不完整作品）

在这部作品中，乐声传入，而听众接连出去。

——圣桑

作者札记

我在肯塔基住的时候有一个独居的邻居，从来没人前来拜访他。他说话异常迟缓，而且总是穿着同一套衣服——牛仔工装，腰带上挂着一串钥匙链。其中我最喜欢的是那条挂着一只溜冰鞋样式玩偶鞋的链子。他在本地上班，但我不知道具体在哪儿。他走路慢，步伐小。

有时我会隔着墙听到他的电视机的声音，有时是他打电话的声音。

周末和假期都看不见他的踪影。我以为他去了父母家，但我后来得知他有一双妻女，住在肯塔基北部。

一天夜里，我们同时走到各自的门前。

"我并不总是这样的。"他说。

一周后，再次巧遇。但这次，他邀请我进门。桌子上放着一碗坚果，混合着巧克力块。墙上挂着几张带框的照片，照片上是一个女人和一个坐着轮椅的少女。他说那孩子是他女儿。

接下来的五个小时里，他告诉了我一些事情，下面这则故事正是受他的启发创作的。

1

很长一段时间内，他只能静静地躺着，双目紧闭。

那时正下着雪。

雪花从天而降，在挡风玻璃上摔碎。卡车僵固着，因为引擎从黄昏时分便熄了火。

2

收音机开着，但声音很小。听到一个有力的声音愤然宣告世界末日来临时,莱尼坐了起来。那声音想让听众知道,他是爱他们的。但最重要的是,上帝的爱才最有分量。然后声音匿去,重归寂静,四周的雪花簌簌落下。

莱尼的妻子和女儿在屋里。他脑海中浮现出她们的脸,但无法保持画面的稳定。她们的脸庞闪烁着,分裂着,仿佛记忆是光在水上耍的又一出把戏。

他转动收音机的拨盘。他从一端拨到另一端,但没有听到一句话,一个词,甚至是一个音符。一切悄然无声。他伸手去拿一盒用塑料裹起来的软装香烟。香烟藏在储物箱的深处,以免他的妻女在翻找糖果时发现。他划了一根纸火柴,然后看着蓝色的烟蜿蜒而上,从窗户上的裂口钻了出去。

抽完烟,莱尼弹灭燃着火光的烟头,然后躺在老式福特皮卡车的长座椅上。他闭上眼睛,四周环绕着收音机的电流声,寒意透过他厚重的外套渗进来。

3

忏悔吧,那个声音说。末日就快到了。

莱尼试着想象末日会是什么样子。那个声音说,明天某时,或早或晚——总之几个小时后地球将不复存在。连记忆也不剩。

莱尼看着雪花飘落。然后想象妻子和十岁的女儿在他身旁，一起待在他们租一个周末的农舍的主卧里。

他们想要远离城市。

山里的度假屋。不管去哪儿都得几小时，没有电视、互联网和手机信号。周末慢悠悠地吃饭，生火，聊天，玩大富翁。

如果世界末日即将来临，莱尼想，那我们在乡下会过得更好。他很冷静，因为他并不相信。他试着想象这个城市会变成什么样子：尖叫的人群往各个方向狂奔，火焰四起，路上散落着鞋子和被踩扁的衣服，翻倒的大型购物手推车好似路障，人们从车里被拉出来。

倘若真如那个声音所说，明天就是末日，那么他们会静静地死在一个不是他们家的房子里。很可能是在楼上的黄色卧室里，女儿躺在他们中间。

简的洋娃娃也在，身穿毛衣和溜冰鞋。

4

莱尼试着想象死亡的感觉。他闭上眼睛，把头垂到一边。停止呼吸。

但他满脑子都是逃跑的念头。要把卡罗琳和简带到安全的地方。某个遥远之处，比如，一座俯瞰平原的悬崖上。他们满面尘土，看着远处冒起的阵阵浓烟哭泣，那是一个灭亡的种族慢慢燃烧的残骸。

火焰的热度把他带回童年。内华达州的西肖肖尼保留地。

拖车外遍地散落着玩具，还有一个装满空瓶子的洗衣机，邻居家的一九七一年款雪佛兰夏安的轮胎瘪了，车漆褪色了。

四周低矮的灰绿色沙漠草随风浮动。

莱尼时常坐看公路盘山而上，他在等一片云。那是有人来了，或者走了。当那片云带来的是他的父亲，他便想到门外去，以示他一直在等待，以示他像西边的人一样忠诚。

他知道在太阳般鲜红的尘埃和不停吹动的风之外有一个世界。他在电视上看到，人们住在灰色的落雨的城市里。

他从书本上得知有大海。书页上的海一动不动——然而，他每周泡澡时召唤出的海洋和潮汐足以淹没世界。

莱尼十岁时，母亲第一次带他去度假。一朵无声的云沿着山坡翻涌而下，没人留意。他俩坐在一辆白色轿车里，带着苏打水、薯片和借来的内华达盘子。一对母子离开保留地前往亚利桑那的一片水域，莱尼将在那儿再次失重。

5

如果世界末日来临，他会试着带他的妻女去沙漠。是地面记住了他。也许那里会有其他知道更多事情并且制定了计划的幸存者？

他们会相信他们是出于某种原因才幸免于难的吗？会相信他们是特别的吗？宗教就是这样诞生的，莱尼想到，他仍然躺在卡车里。这就是那声音如此热切的原因。宗教捕食弱者。宗教因恐惧而生。为了得到救赎，你必须放弃对其他任何事物的希望。用奴役换自由。那时你就准备好了。准备好把自己献给"他"①。

莱尼笑了，因为他妻子会说"她"。但如果真有什么的话，他想——那必定是跟我们全然不同之物，没有血肉，甚至没有脸庞。

外面仍在下雪，就像那些曾来过这里的人的骸骨一般落地。

莱尼的女儿简是在一个叫奥尔巴尼的城市分娩的，在一家由红砖和玻璃砌成的医院里。莱尼犹豫着不想用"出生"这个词，躺在寒冷中的他现在觉得人体不能创造生命，而是传送生命。

然后他又点了一支烟，一直抽，直到火快烧到手指才停下。

---

① 指神明。

6

莱尼觉得该做点什么。也许开车去加油站或者去找个小镇。那时他就可以搞清楚了。会有灯亮着，会有人走到家门外。

他坐了起来，又试着拨动收音机的拨盘，他的思绪随着电流声起伏。期许就像一张网。播音员一定是个疯子，正在经历精神崩溃，或者出于被解聘的愤怒，试图抓住最后的时机散播恐惧。

莱尼的身体渴望来一口波旁威士忌，或者畅饮厚玻璃杯里的白兰地。嘴馋。自打和卡罗琳订婚以来，他已经将近十年没喝酒了。但是抽烟是另外一回事。他喜欢每晚都在同一时间抽支烟。要是简和卡罗琳在睡觉，他就再抽一支。然后，要是熬夜就抽第三支。

很快就过了午夜。

他坐起身来，慢慢打开卡车的门，几步走到外面。感觉并不像世界快要终结。只不过是又一个漫长的冬夜。但他小心翼翼地把卡车门关上，只有一声轻响。他的嘴唇粘在一起，有血腥味。

天空清朗了片刻，他凝视着那片星辰，然后松了口气。看到星辰让他想起祖先向垂死动物的灵魂祷告。他不禁好奇，要是没了眼睛和嘴巴，没了大脑和四肢，没了血液和毛发，还有可能活着吗？

7

他内心有一部分想回到卡车上,然后开车就好——确认他在广播里听到的事情没有发生。他肯定可以离开妻女一个小时。找个餐馆——买些煎蛋和黑咖啡。

他上高中时去过一家店。离他和母亲居住的保留地不远。往西一小时的路程。在沙漠深处。那家店通宵营业,卖汉堡包和洋葱圈。柜台上放着个摇奖机。很受美洲原住民的欢迎,老兵也喜欢。是个买醉的地方。对于无法从睡眠中得到休息的人,这里就是家。

夏夜酷热难耐。莱尼常常站在屋外,听沙漠的声音,听柴油卡车轰鸣着驶出里诺。

有时他喝醉了,就睡在车里,车窗也不关。

莱尼在那儿认识不少人,他在保留地上也有好朋友。但高中毕业后他去了亚利桑那州。住在他小时候就爱上的那个湖旁边。

8

好多年过去了。离开家乡的生活令人兴奋。母亲给他的毕业礼物——那顶黑色牛仔帽,现在已积满灰,磨破了。他每周给母亲打一个电话,有时候母亲会来看他。

某个周六,莱尼帮邻居拆掉了旧栅栏,随后开车去湖边,打算凉快一下。

有一个年轻女子跪在沙滩上凝视着湖水。蓝色的泳衣和她的瞳色很搭。她在沙滩上移动着手指,像在画画。她的一个朋友就要下葬了。

莱尼见到她时没有爱的感觉,只是有些失落,因为他们不会重逢。他不知道其他人是否也会对陌生人有感觉,然后从此多了份无法重逢的沉重。

那天没有起风。人们只是站在水里。有人在玩水,而莱尼只是站在水里,想凉快凉快。

8.1

他简直不敢相信后来停车场发生的事。她的轮胎瘪了,周围也没有其他人在。他们在同一时刻选择回家。他把手伸进卡车去拿那顶黑色牛仔帽,然后又折返回去。

"女士,看来是爆胎了。"

"见鬼!"她边说边环顾四周,"我的朋友全走了。"

莱尼可以看到她宽松 T 恤下的游泳衣轮廓,但他把目光锁定在轮胎上。

"可能是压到了钉子。"

"这也可以?"

"钉子吗?当然了。"莱尼不敢相信她竟然不知道自己对外施加的力。

"我帮你换上备用轮胎?"他主动提出。

"我自己可以搞定的。"

莱尼盯着轮胎瘪掉后深深下陷的汽车。

"我不想耽误你时间,"她快速说道,"可能会很麻烦,对吧?"

"没关系,我换一整天的轮胎都行。"

"你是机械师吗?"

他摇摇头。"我只是喜欢修东西。"

"那你跟我爸合得来。他当过警察,现在在修旧车。"

"哪种车?"

"大部分是福特卡车。"

"你没开玩笑吧?"

8.2

他们在卡车里看了看,才发现没有备胎了。需要莱尼开车送她回家。她看起来并不紧张,但莱尼努力想出一些能带给她安全感的话。

"明天我来帮你修轮胎。"

"不用啦。"

"我会去博尔德市的垃圾场,给你找个轮子。然后我们开车去沙滩,再把轮子换上去。"

"你不需要这么做的。"

"没关系。"

"你没有事要做吗?明天可是周日呢。"

莱尼笑了。"比如做礼拜吗?"

"呃,我不知道……会花很多钱吗?"

"还好吧。像那种轮子,肯定没超过十四英寸。但愿从垃圾场找来的车轮上已经有个能用的轮胎了。"

"我叫卡洛琳。"她一边说,一边转过身面对他。

"我看得出,你不是亚利桑那州人。"

"你怎么知道?"她问。

"我听你的口音猜的。"

"我来自奥尔巴尼。"

"在哪儿?"

"纽约。"

"哇,都市女孩。"

这把她逗笑了。莱尼看着路。他不敢相信海滩上的那个女孩此刻正坐在他的卡车里。

8.3

第二天，他们开车去了博尔德市的一个垃圾场，但已经关门了，所以莱尼从汽车店买了什么东西喷在轮胎上，让轮胎变硬。他从湖边开始跟着她去她家，一路上他的警示灯一直闪烁着。

那晚，他们在露台上吃墨西哥菜。她打着赤脚。莱尼看到她脚趾上涂了指甲油。吃完饭，她带他进屋看电视。他们跟着电视上那些他们见不到的人一块儿大笑。她说他可以留下来过夜，然后带他进了她的房间。路灯照亮了她的床。他们拥吻，她开着窗户褪去衣物，树上虫鸣一片。

几天后，他们见面打迷你高尔夫，然后吃了点儿东西。吃完感觉还早，他们便开了很长一段路，去到她想上的大学。停车场是空的，只有莱尼的卡车停着。他可以从后视镜里看到他的红色尾灯。卡洛琳正在攒学费，也快拿到这个州的居民身份了。

邻居们很快就习惯了看到一辆福特皮卡停在她的黄房子外面。有的人要修东西就会放心地交给莱尼，因为起初他不肯收钱。他的卡车是白色的，有一个长座椅。保险杠生锈了，一端已经扭曲变形。卡罗琳说他也该存点钱，然后买个车库，修旧车，就像她爸爸那样。

有时莱尼会开车带她去仙境。他的车厢里装着一个充气床垫，他们在晴朗的夜晚铺开床垫，星星比他们在地球上看到的任何事物都更有力量。这样聊天的感觉很好，不用害怕，仿佛在一起就意味着驯服过去的事情。

莱尼甚至说了他父亲失踪的事，以及他和母亲在内华达州的事。

9

他们相识一年后，卡罗琳不得不回到东部，因为她父亲得了癌症。他们卖掉了她的小汽车，把东西都堆在莱尼的卡车后备箱里，再盖上蓝油布。

那是许多年前的事了。但是莱尼知道他与卡罗琳相遇的故事某一天会变成几千年前的历史。某一天会变成几百万年前的。他们的故事并没有消逝，而是栖于星辰之间的黑暗中，等待着被寻回。莱尼确知一切幸福都终将被遗忘，因而他加倍珍惜。但他也感受到更深刻的幸福。那是一种不期而至、后知后觉的幸福，并不掺杂痛苦抑或对他人的回忆。

他现在从车道上看不到任何星星，但他知道星星就在严寒的空气中，在云雪山峦不及之处，在遥远的地方。

他希望回到家会感觉好些。他会不再纠结于那个电台播音员的话，如同把雪从他的夹克上抖掉。也许说服自己那是个笑话或者他听错了——或者从某个复杂的梦境里醒来，但事实上你已经进入了更深一层梦境。农舍里，他和女儿点燃的火还在燃烧。他明早会夸她干得漂亮。他穿着袜子坐在地毯上。感觉热力拍打着他的脸。

简和卡罗琳在楼上睡觉。他想上去看看她们。听她们的呼吸声。

等她们七八个小时后醒来，天空将会是一派橙色的微光，笼罩在无声的积雪上。

简会想要出去玩。她出生在奥尔巴尼，已经习惯了冬天。卡罗琳会戴着眼镜，拿着她的书下楼，找咖啡和烤面包。明天便会是这样的，除非莱尼叫醒妻子，然后复述他在卡车上听到的话。

卡罗琳会闭着眼睛听，哼唧几声然后翻过身去。

她会说：上床睡觉吧。

你只是因为我们在来的路上撞到冰块吓到了。

但没事的，莱尼——我们很好。

什么都没发生。

10

他坐在那儿,面对着女儿唤起的火焰。在热力和纷繁的思绪里发呆。至少他们还在一起。他能感觉到他们在一起,即便彼此过于熟悉,已经不再有那种被误认作爱情的焦虑感。

但是当然,什么也不会发生。他很快就会沉缓地走上楼,然后进入梦乡,让这个世界消失而不是结束。他会记得播音员的声音,但这不会对他有丝毫影响。言语是事物的影子,而不是事物本身。

11

倘若这种事有发生的可能性,那莱尼早就该知道了。几个月前电视上就会全是科学家,把这消息告诉所有人。他就不会为了度过周末穿雪鞋走路、热可可和大富翁游戏开车跑去山里。简多爱看莱尼拿到监狱牌啊。

但是播音员的声音里没有一丝不确定。他本人深信不疑。那种人怎么能上广播呢?莱尼想。他们怎么得到许可的?

他感到愤怒。怎么会有人错把坚信当成真理。或许还有其他人真的信了这人的话?要是有人为了逃避毁灭而自杀怎么办?

这些想法让莱尼意识到他有多累。也让他想上楼去见卡洛琳和简。

他从客厅的地板上站起来,去厨房泡热可可。简带了一整盒的可可粉包。可能这只是一出广播剧,或者宗教表演罢了——每周都能听到"地狱烈焰"什么的——还附带一个募捐电话号码。当然时间已经很晚了,莱尼也意识到这或许是心理作用。他的不安很可能源于这段凄惨上山路途中的混乱情绪。当时,在看到一束明亮的灯光后——那耀眼的灯光朝着他们冲过来——他们就滑到了路边。

莱尼站在水壶旁边,用蒸汽暖手。如果真的发生了什么事,他要怎么做?

他独处时偶尔会幻想。他会假装有什么事发生——车祸啦,地震啦,什么东西着火啦——然后想象他背着卡洛琳抱着简的画面。

回到现实,莱尼知道如果世界末日来临,拯救他家人的将是运气,而不是勇气。他在西部生活时有杆枪,但后来他遇到了卡罗琳,卡罗琳不喜欢枪。但老实讲,他其实并不会开枪。

他把沸水倒在棕色粉堆上,硬硬的白色碎片浮到顶部,瞬间变身棉花糖。这让莱尼想起了简的乳牙。

广播里的传道者说,这次是彻底毁灭,无法逃脱。"去找你爱的人吧,最终审判日已经到来。"

莱尼想象着把她们摇醒。告诉简穿上拖鞋下楼。有重要的事要说。想到这儿,他把热可可拿到客厅,环顾四周,考虑他说这些话时要让她们坐哪儿。随着火势渐强,火光会在她们的眼球表面摇曳。

也许在他告诉她们之前,她们应该吃点东西?是不是让她们先吃点东西会更好?

他知道简想吃什么,然后想象着他在做最后一顿饭。洋葱多白呀。他会拧断意大利面,再加点儿盐,这样煮得更快。他会想:这是我们的最后一餐。她们会饱着肚子死去。莱尼想知道是不是大多数人都是饱着肚子死去的。

莱尼想象他的女儿简变成了老太太,双亲早已离世。想象她在养老院的沙发上颤抖着,活着的人没有一个认识她、记得她。到处都有这样的人——人活着,但人生已经终结。

想到这里,莱尼有种跑上楼去的冲动。直到听了传道者的话,他才完全明白他们有一天会怎样分离。

世界可能不会终结,但他们会。这才是永恒。而爱不是。

爱不过是一个渺小而明亮之物,四面皆永恒。

12

此刻只剩下深色的火光跃动,莱尼走进了厅堂。农舍前门附近很冷。他透过黑暗凝视着楼梯。也许他该看清现在的状况。快凌晨两点了。他已经在沙发上待了很长时间。

播音员说审判之后即是光明。

但是最糟的……莱尼想……最糟的绝对不是告诉她们末日即将来临——甚至也不是死亡。最糟的是在那之后，她们都不在了——失去了彼此，再也没有相见的希望。

简才十岁，她也许会害怕独处。倘若没有了记忆，她可能不会意识到曾经有两个叫莱尼和卡罗琳的人，是他们创造了她的身体，把食物喂到她嘴里，给她换尿布，在奥尔巴尼的一所粉红色房子的水槽里给她洗澡，讲故事，骗她说动物会讲话，并且每年都会在卡片上给她写几行字，让她感觉自己受到珍视。

莱尼听到播音员的声音直接对他说话——但现在更像是他父亲的声音。据他母亲说，身为石油工人的父亲从前常常带着一个公文包到处跑，包里装着带金刚石钻头的钻机。莱尼见过他一次。但是他没有拿公文包，而是拎着一个瓶子。

莱尼回到客厅，试图把自己拉回现实，他凝视着他的空马克杯、壁炉架，燃烧的木块是他和简一起堆到炉架上的，墙上还挂着一幅画，画的是他们住的这栋房子。他站起来，凑近去看。他想知道在这幅画上的房子里，是否也挂着一幅画着这栋房子的画。

他想象自己已经死了。楼上其实没有人。甚至没有楼上，他通过各种想象来体验这一部分的死亡过程。窗帘的另一头是活人的居所,正值盛夏。卡罗琳和简回到家,在奥尔巴尼继续生活,吃午饭,在网上挑鞋子,躺床上看电视——她们学着习惯没有他的日子,幸福便又沁入她们的生活。

那他便可以休息了。如果他知道简和卡罗琳没了他也会幸福,那死亡也就不那么糟了。为人父,为人夫,也许继续前进就好。减少对未知的恐惧。把一切准备就绪。张开双臂等待。

13

几个小时前,当他们把行李装上车离开奥尔巴尼去度周末时,莱尼注意到女儿正站在房子里。她很快就满十一岁了,不会再相信牙仙或圣诞老人。简渴望长大,就像某些人等待着继承遗产般等待着长大。

卡罗琳上周末带她去购物,挑选胸罩。此刻她睡觉的二楼房间里可能有一个小胸罩。莱尼喜欢在家中各处看到简的鞋子,喜欢凝视院子里她那些装满雨水的玩具。

卡罗琳说,少女胸罩有助于女孩为即将到来的变化做好心理准备。但那天早上他们收拾行李准备出游时,莱尼看见简站在厅堂里,没戴胸罩。他看得出她没戴——他本来想问她是不是该戴上,但立马又觉得这不是他该注意到的事。

每次他刚习惯新的简,简就会再次改变。有时就像一个陌生人占据了她的身体,他逼她说出的话、做出的事,是他的好女儿绝对不会说、不会做的。

灌满卡车的空气闻起来像烧木头的烟、松树和柴油的味道。前门开着,寒意如扫帚般扫过屋子。莱尼知道会下很大的雪,便在他们的行李箱上绑了一块蓝色防水布。多年前他陪卡罗琳去东边见她快要去世的父亲时,用的就是这块布。

14

莱尼回到厨房,把杯子放进水槽。

然后他打开冰箱门,站在那儿,往嘴里塞椰子派。停车去吃饭时,卡罗琳从饭店打包了一些回来。

然后他回到火炉旁。红色的煤正在崩解。他添了木头。有一块木头上爬满了绿色的地衣。新鲜的木头得过一会儿才会能燃起来,但是煤渣产生的热量是稳定的。

明天,他计划带妻女去林子深处远足。简担心会有熊,但卡罗琳说熊很可能还在冬眠。

莱尼想象着一头熊朝他们奔来。如果卡罗琳先被抓住,他会放下简,为救妻子而战。他想象自己的肉被一条条撕下,然后他的右臂进了熊肚子里。残臂喷出鲜血。他扎上卡罗琳的围巾止血。简仍然抱着她那穿着滑冰鞋的洋娃娃。要是冰刀是真的该多好。

如果农舍里有网络,莱尼就会搜索有没有人被熊袭击的消息。把好时之吻巧克力放在口袋里安全吗?巧克力对熊而言就如同血对鲨鱼一样吧?要是卡罗琳来月经了呢?莱尼的脑袋飞速转动。然后他意识到,熊喜欢的是蜂蜜,而不是巧克力或血液。他从简那本《小熊维尼》上学到的。

如果正如收音机里的男人所说,世界末日到了,那简就永远不会来月经了。自然法则会让她的身体变得毫无意义。简的生命也会变得毫无意义。莱尼简直无法想象。

但一个宗教狂热分子的观点有什么要紧?

西部到处都是这种人,尖叫着,叫嚷着,站在路边,举着标牌,朝卡车司机使眼色。一定是他们中的某一个晃荡到广播站去了。仅此而已。

小时候,莱尼努力去试着信仰上帝,这份信仰胜过一切。如果他失踪的父亲已经死了,莱尼希望他在天堂。那如果没死呢?愿上帝指引他回家。但到了最后,你很难去相信你感觉不到的东西。

他有太多事情不明白。

比如,天堂。在天堂的人们看不到他们所爱之人因为失去他们而在地上痛苦吗？要是看到了，他们怎么可能开心呢？如果天堂的居民不知道地上的人们因为思念他们而痛苦——他们把记忆留在了在世者的身体里——那他们怎么知道以后该和谁团聚呢？

地狱更糟。

莱尼想，要是父亲下了地狱，他不妨也去那里，至少能找到一些答案。如果他自己上了天堂后得知父亲下了地狱，那将是一种折磨。这样一来，天堂对他来说就是地狱。但要是父亲在天堂，而他莱尼最终因为自己做的坏事而下了地狱——那就没关系了，因为他知道父母是安全的。那么地狱也就成了天堂，因为他不用担心。更重要的是——如果他谎称自己信仰上帝，而在内心深处却并不这么想，会怎样呢？那么，这一切便尽是徒劳——上帝会知道他一直在撒谎。

上高中时，他试图从老师那儿寻求答案。但所有人都一无所知，仿佛他们没想到的事情就不存在似的。

他们开车上山时看到一个牵引拖车后面挂着"耶稣是主"的字样。简问那是什么意思，但莱尼现在仍旧搞不懂。

15

抵达这栋房子后，莱尼帮着取出简的衣服。她的房间里有一个旧衣柜，已经刷过几次漆了。木头是活的，他经常告诉她。木有灵。女儿坐在那里看着父亲把衣物拿出来叠好。

莱尼看得出她在想事情但她不说出来。这种情况随着她长大越来越多。尽管她还是会玩玩具。莱尼有时会把耳朵贴到她卧室的门上。听她模仿动物的声音。听玩偶在她虚构出的生活中被她挪动。

16

早些时候，他们刚到，那不过几个小时前，莱尼现在却觉得恍如隔世。因为下雪，他们在上山的路上停下来吃晚饭。路况越来越糟。被遗弃的汽车歪七扭八地停在路上。卡罗琳通常会在漫长的旅途中睡着，但她这次太害怕了，没法入睡。停车吃了顿饭，她感觉好多了。然后，她闭上了眼睛。

找到他们租的房子不难，因为这儿也没有别的车。他们可以艰难地走过去辨认邮箱上的数字。但莱尼不想把妻女单独留在卡车里，所以他们三人便一起拾级而上，朝黑乎乎的房子走去。当莱尼打开门，简尖叫道屋里有人，但那不过是莱尼在大厅镜子里的倒影罢了。

天色已晚，离开家的感觉让他们兴奋。卡罗琳上楼去了，莱尼带简出去探索谷仓。车道上结了冰，上面有刚撒不久的粉末。他们回来的时候以为卡罗琳正在拆行李,但等他们上楼一看,她已经穿着衣服,裹着拼布绗缝被子睡着了。他们的笑声吵醒了她。

一小时后,卡罗琳真的睡着了,莱尼便让简先别睡,过来帮着生火。他们刷完牙,坐在沙发上。她想玩大富翁。但现在玩大富翁已经太晚了。这游戏很费时。莱尼说不玩,简便哭了,这意味着她很疲惫。于是他们在那儿坐了一会儿,没玩大富翁。

"学校怎么样?"

"挺好的。"

"你最喜欢什么课?"

"下课。"

然后房间变热,因为火烧起来了。他们能听到噼啪作响的火声,似乎火想要告诉他们些什么。

不一会儿,简便靠在父亲身上。

"木柴看着像象腿,爸爸。"

"是呀。"

"火好奇怪呀。我是说,它从哪里来的?"

"我不清楚,我只是小时候在保留地念书时学了点儿。"

"告诉我吧。"

"嗯,我想故事是这样的,在人和动物被创造出来以后,有一条响尾蛇,大家都喜欢它,因为它会发出喀喀喀的声音。所以大伙儿不停打扰它，戳它，害它睡不着。于是它找到一位老人，把事情一说，老人便从脸上取下一根毛，剪成小段，给响尾蛇做了牙齿。如果有谁再靠近你，老人说，你就咬他们。过了一会儿，一只兔子走到响尾蛇跟前，为了听蛇尾的响声，兔子戳了它一下，响尾蛇便咬了兔子一口，兔子气坏了，挠了响尾蛇，又被咬了一口。然后兔子被咬得生了病，死掉了。"

"兔子死了？"简说，"好悲伤啊。"

"是的，在这之前没有谁死过，所以人和动物们都不知道该怎么办。要是他们把兔子埋了，郊狼就会去把它挖出来。如果他们把兔子放树上，郊狼也会爬上树找到它。所以大伙儿最后决定把兔子烧了。但那时，地球上还没有火，所以动物和人类派郊狼大老远去太阳那儿取火。但是郊狼认为它被耍了，一路上不断停下来回头看。"

"然后呢？"

"郊狼不在的时候，另一只动物想了个办法：用一个棍子去钻另一根棍子，就可以生火了。郊狼看到空中有烟，就冲回了家。但是动物们已经围着火站了一圈，所以郊狼便绕着圈跑，直到发现两只矮小的动物，便从它们头上跳了过去。然后它一头扎进火里，试图从火里取出兔子的心脏，却烧了自己的舌头——直到今天郊狼的舌头还是红的。"

"这个故事是真的吗?"

"我不知道。"

"郊狼的舌头的确是红的,所以肯定是真的,对吧?"

"对,一定是的。"

简和父亲凝视着火焰,凝视着兔子发光的心。

"你知道吗?"莱尼说,"我像你这么大的时候,我会为郊狼感到难过,因为其他动物不喜欢它。"

简点点头。"我也这么想。爸爸,我可以问个问题吗?"

"问什么都行。"

"我们可以玩大富翁吗?"

上楼以后,她说想再听一个故事,但她的眼皮也慢慢垂下。等她的脸上没有了表情,莱尼就知道她进入了梦乡。他想知道她此刻身在何处。她是否知道父亲在看着她——透过黑暗,在她似火的心脏的怦跳声外,在睡梦的无声火焰里。

17

快到三点了,莱尼在探索农舍,突然遇到了让他害怕的东西。

他在广播里听到的话是无稽之谈。他知道。但当他注意到报纸和杂志的内容后,他当即决定快速步行到林子里,试试看手机能不能接收到信号。

他的靴子放在门边一件厚重的大衣下面,大衣里塞了一顶帽子和一双棕色手套——这都是卡罗琳母亲送的圣诞礼物。冬季,他会用水貂油擦拭他和简的靴子。现在,他穿上靴子还能闻到水貂油的气味。他试图悄悄溜出去,但纱门在被关上前发出吱呀一声。

起初,除了面颊表面外,他并没有觉得冷。

车道以外的地方雪深及腰。别的地方雪会有多深,他不知道。他们抵达前的一小时,卡罗琳的手机就没信号了——但要是到再高一点的地方,说不准会有信号呢。

他在漫天的白色粉末中踯躅前行,踩着根茎和结冰的土丘向上爬。温度太低,衣服上的雪化不开,像糖霜一样覆盖着他。他像先祖那样穿越严寒的荒野。

要是没在炉火边的桌子上发现那些杂志,他可能已经上床睡觉了。当然,他知道最简单的做法就是开车去别的地方看看,但发动卡车的声音会吵醒卡罗琳,把她引到窗前,她刚好能看到尾灯的光。那么,等他回来以后就不得不解释一番,而卡罗琳则会大笑或气恼。

如果他能去某个酒吧待上几秒,他就会清楚了。他可以查看电视或新闻网站,然后心满意足。他就可以回到屋里,脱掉衣服,和妻子一起入睡。他不想带着不确定感回来,不想不断穿行在黑暗的丛林中，不想恐惧先于他的身体进屋。

现在积雪没那么深了，露出一些枯枝，容易绊倒。地面布满岩石，风猛烈地抽打着他裸露的脸颊。莱尼担心在风的吹动下，雪会掩盖他的足迹。他试图安慰自己：尽管他可能会迷路，但树木不会，猫头鹰不会，月亮也在家。

他停下脚步，掏出手机查看是否有信号。屏幕上，汗水晕出了湿湿的图案。他不想再爬了。山顶比他想象中还要远，寒气已渗入他的衣服里。莱尼知道他必须小心。有时，登山客会在早春发现尸体——这便是一步踏错的后果。

莱尼不想死，他记得那晚开车去了州北，身边是卡罗琳和简，他们一起坐在福特汽车的长座椅上。和他们挨在一起的感觉多好啊。

他现在站得笔直，朝着月亮举起手机。手机离他的脸太远了，他看不清屏幕，所以他只是举着手机，同时微微挥动手臂，仿佛想引起空中什么东西的注意。

全都是因为他在那些杂志上看到的文章。所以他才有必要再次确认。幸运的是他和简没有用这些杂志生火，否则他永远也不会知道。

他把手机收回脸旁，没有任何变化。一格信号也没有。莱尼突然觉得自己很蠢，仿佛他是个孩子，全然不知哪些事情有可能，哪些没可能。

要是告诉卡罗琳他这么害怕的话,卡罗琳会笑他的。简也会想过来。他会就着黑咖啡和烤面包来讲这个故事。

下山途中,他的手机忽然震了。他抓住手机,从口袋里笨拙地拿出来。还是没信号,但他收到了卡罗琳母亲从奥尔巴尼发来的一条短信。一行字。证明山那边生活如常。

但一看短信,他却没有预想中如释重负的感觉。所以他又看了一遍。然后一遍又一遍,甚至大声念出来。直到他完全领会短信的含义之前,他一寸也不敢动。他甚至一个字一个字地推敲,看含义是否改变。

他开始感到手脚无力。他第一次有这种感觉是在小时候,当母亲在他家拖车的车门踏板上被债主殴打时。

18

最后一段路很宁静。他试着放下担心,至少在他回到屋子前都不可以再担心。随着参差的树林变平,积雪变深,莱尼找到了他开辟出的小径——一条皱巴巴的白色"山谷"。他停下来看了看手机。他脸上映着屏幕发出的光,他此刻成了一个小小的旅者,正沿着一句话的路径移动。她可能是别的意思吧,他想。可能是她想说的话经过了手机识别的处理。老发生这种事。

莱尼找到车道口，看到了他闪闪发光的卡车。他记得之前，简曾戴着手套，把手放在挡泥板上。还有她倒数的声音。然后他们拉着手，跑过刚下的雪，来到一块光溜溜的冰面上，穿着普通的鞋子也能毫不费力地滑行。

极寒的夜里，莱尼站在那儿，想到世上有许多美好。

这个世界上不一定非要有什么好东西，但美好确实存在。

而且他已经感受过了。

19

一进屋，莱尼就把自己锁在楼下的厕所里，脱得只剩内衣。关了灯，感觉更像是一场梦，而他只需要继续梦下去，直到醒来。瓷马桶座冷极了。他能闻到地砖上一个塑料瓶里的消毒剂味儿。

他有一种上楼叫醒妻子的强烈冲动——但是她们要是看到他这样会怎么想呢？

现在不只是那个电台播音员这么说，还有他从杂志和短信里发现的信息。

他赤脚走到客厅，站在炉火前瑟瑟发抖。

尽管他很想撕下那些文章烧掉，但那几页又恰好是他没有发疯的物证——他并没有发作某种精神病。文章是别人写出来并且印好的，有谁知道会有个叫莱尼的内华达州人坐在福特卡车上，边听广播边抽烟。

有那么一会儿，他只穿着内衣在屋里走来走去，整理东西，朝窗外看，寻找来往车辆的灯光。如果有人开车出门，那末日肯定不是真的。除非他们正以某种方式驾驶。比如试图逃亡的方式。

火势弱了下去，他添了些柴火。然后他坐下来，等柴火燃起来，让煤的热量在他赤裸的胸膛和手臂上蔓延。

他手机旁有一叠堆放整齐的书，最上面那本是两个月前出版的《美国地理》杂志。封面是蓝色星球与太阳相撞的图案。这个世界在图上显得微不足道。翻开杂志，里面有一幅画：太阳的火焰反射在地球的水状表面上——有时候，人的眼球也像这样倒映出所见之物。

"专家称：太阳毁灭地球的可能性只有万亿分之一，但风险是存在的……"

"上个月在日内瓦召开的一次临时会议上，来自布里斯班太空联盟、纽布伦斯威克天文台、伦敦格林威治中心和中国宇宙研究所的科学家们聚在一起讨论地球轨道最近出现的变化……"

这本杂志下面是莱尼之前放的一份《纽约太阳报》，一个月前的头条新闻上写着：

《智利科学家担忧炙热末日来临》

"尽管圣地亚哥的全体政府官员呼吁民众保持冷静，并采取了信息封锁措施，但智利的几位顶尖太空专家已经提出了他们的担忧：地球正在走向毁灭。西方的宇宙学家说这种可能性微乎其微，但他们也赞同全球变暖已经让地球显著变热，因而地球变轨也许不可避免。"

20

莱尼又去了趟厨房。他颤抖着，开始恐慌。如果这是真的，那么他现在的责任就是让妻女免受难以想象的痛苦——而不是把事情告诉她们来安慰他自己。

他想象着拿起枕头。在她们沉睡时，他在一旁徘徊。只用手可能不够——他必须用全身力量压下去。她们可能会挣扎、踢腿、挥舞手臂什么的——在他的钳制下，简那小小的身躯扭动着，就像被钳住的蛇。但两害相权取其轻，他母亲好像这么说过。

不到一分钟内，呼吸就会停止。大脑缺氧。心脏停跳。血不再流。这将发生在全人类痛苦而恐惧地闭上双眼的几小时前。

莱尼想，确知自己在劫难逃这种事，以前一定发生过。比如第二次世界大战期间。犹太人被带到集中营屠戮，一个接一个地倒下，一个母亲接着另一个母亲，一个父亲接着另一个父亲，一个女儿接着另一个女儿，一个儿子接着另一个儿子。每颗心脏都曾属于某个人，某个地方。

莱尼看过关于集中营的电影，但有些人是真的身处营中。他们的哭声响彻天空，他们的骨骸埋进土里，每一千年翻动一次。而他们的生命，我们如今仍然透过美好事物的忧伤去触碰。

21

这让莱尼想起他在保留地上学时听到的《圣经》故事。有一个国王派士兵去杀掉每一个两岁以下的男孩。当着男孩父母和兄弟姐妹的面，士兵们用剑劈开了小小的身体。

莱尼想知道他事后看到卡罗琳的尸体会有什么感觉。他是会抱紧她，还是什么都感觉不到？她必须先来，因为当他伏在简身上时，卡罗琳要是醒了肯定会攻击他。

一旦他加以解释，卡罗琳就会理解他的。他们会坐在简的尸体旁，心里明白作为父母他们已经尽了最大努力。

简一向睡得很沉,但如果在莱尼和孩子他妈一起动手时,简恰好醒了,他可以装作简发烧了,而他正在尝试某种新疗法,比如枕头疗法。他们甚至还可能就此说笑一番。

简还小。她永远得不到初吻了。她的最爱将依旧是父母和洋娃娃。

莱尼记得他第一次看到女儿害怕的样子。几年前,他们在宾夕法尼亚坐过山车,车子翻转过来后突然停了。简一开始强迫自己笑……以为这只是这趟过山车的一部分。但后来,下面的人开始跑动。打着闪光灯的汽车出现。莱尼试图让简保持冷静,张开膝盖,钻进车里。如果栏杆松了,他希望简还有机会生还。他很重,会像石头一样重重地坠落。他试着把皮带从裤子上解开,把简绑在座位上——但她当时的状态让他不得不冲她大吼。

他后来才知道他们被困了五十七秒。还不到一分钟,但对简来说,那是她童年的一件大事,她会以此为基准来判断未来一切恐怖的事件。

被困的最后二十秒,有些人尖叫着:"求求您,上帝啊!我爱您,我的主!"

而真相却简单得让人意想不到。

一根树枝掉到了前面的轨道上。操控室的女孩在监视器上看到,便按下了紧急停车键。人们恐慌着,莱尼想,但真相是——他们正在被一只看不见的手所拯救。

一小时后，过山车又可以正常运行了。莱尼、简和卡罗琳坐在长凳上看着过山车，吃着免费冰淇淋，听着人们的尖叫声。

厨房里，莱尼拧开水龙头，接一捧水。温暖的水滑下他的喉咙。厨房一定是原来那家人曾经共度时光的地方。尽管现在没了桌子，但地板上有桌腿留下的痕迹。而他们在奥尔巴尼的家——凯尔街上那栋粉红色的房子里——有一张桌子，简会在桌上做作业。他们每周看一次电影，在沙发上共进晚餐。现在回想起他的生活，有些事情他希望可以重来。

有时候，他本可以更温柔一点儿。

上周，简从沙发上起来，撞翻了她的柠檬水。

"你怎么这么笨手笨脚？"他说。

卡罗琳还没下班回家。

简站在那儿，看着地板上的湿手印。

"简，拿纸巾过来，这是你的闯的祸，你来擦干净。"

他看得出简想哭，但这对他来说并不重要。

"你几岁了？"

简没有回答。他试图让自己打住。

"你都快十一岁了，简，还不能好好喝一杯柠檬水不闯祸吗？"

他希望这听起来像一句评价。但他内心深处知道,这并不是评价——而是对自己失败的恐惧。怕失败会让他们更接近死亡。

然后简跪在地板上擦着洒出来的柠檬水。清理完毕后,她朝自己的房间跑去,但还没跑到,她便开始抽泣。

"你不准备看完这部电影吗?"他嚷道。

莱尼的视线穿过黑暗的农舍厨房,投向放着银器的抽屉。他想象拿起一把刀刺进自己的肚子。

之前他为什么要把女儿惹哭?

他现在想冲上楼叫醒她。乞求原谅。但女儿已经原谅了他。因为她还是个孩子。

莱尼想象着之后把她们的尸体埋进雪里。严寒可能会让她们保持生前在他眼中的样子。他会把头发从她们脸上拨开。

莱尼起身冲到楼梯口。前门周围的冷空气刺痛他裸露的皮肤。垫子上放着简的马汀博士牌靴子。去新英格兰的路上买的。简一直想要一双,想了好几个月了。莱尼记得眼看她拎着鞋盒子走出商店,盒子里装着换下来的旧鞋。那是去年的事了。她那时也剪了头发。以前她把头发留得很长,因为喜欢上一个歌手才想要剪短发。

几个小时前,他们抵达时,卡罗琳说这栋房子的主人一定是务农的。莱尼想象着屋子外面的马等待着被拴入马厩喂食。

他们从蓝色防水布下拿出行李后,卡罗琳便上楼去了。莱尼和简还穿着外套,就出去看看谷仓。他们踢开一些雪,好把仓门打开,然后走了进去。空气中弥漫着冷水和铁锈的味道。他们看到一堆儿童自行车叠在一起,轮胎瘪了,车轮上结满蜘蛛网。简想知道孩子们现在去哪儿了,他们扔下自行车去哪儿了。

22

突然,莱尼跪倒在地上,松了一口气。他明白发生了什么。传教士一定是从新闻上看到了相关信息,然后拿来写进他自己的行动计划里——操纵这份不确定性,让人信以为真,同时提出了抵御毁灭的唯一方法——对上帝的爱。

他怎么没早点儿想到呢?这是对某个"灵体"的盲目崇拜,对这个"灵体"而言,毁灭地球不仅是必要的,更是他对自己的创造物——人类——的爱的表现。传教士说,他以前是用洪水来完成的,现在他要再用火做一次——所以准备好接受主的爱吧,把耶稣当作你唯一的真救世主,趁现在为时未晚。

莱尼把脸贴到第一排楼梯的地毯上,想象传教士浏览杂志文章时兴高采烈的脸。他们得救了。他们都得救了。这是个奇迹。

23

他跳进客厅,靠近火焰,舒展全身。

传教士在媒体上看到了警告,便利用来散播恐惧。很明显。莱尼又看了一遍手机上的信息,希望能再次悟出点什么。

我们刚从警察那里得知发生了什么事。你可能收不到这条短信,但你要知道我爱你们所有人,我为你们祈祷。很快就跟你们团聚。母。

困扰他的是最后一句话。她是要开车去他们租的房子吗?她怎么知道地址?或者她只是说他们应该团聚?

既然不用担心传教士和杂志了,莱尼便猜想她说的是大雪。奥尔巴尼的雪一定下得更大。封路。撒盐卡车出动。

他想象着一片斑驳的灯光在闪烁。

也许雪也是末日的一部分?莱尼抓起报纸开始读。南北极附近的人可以挖很深的地洞远离地表,所以他们活得最久。但也只多了几个小时。然后地壳会咝咝作响,冒出阵阵浓烟。没有关于奥尔巴尼下雪的报道。

但是《美国地理》上的那则故事里的一句话让莱尼停止阅读，静静地叠着腿坐在炉火旁。

那就是——宇宙诞生前，世上空无一物。

甚至没有时间。

莱尼想象着楼上的妻子。卡罗琳来自一个曾经一片虚无的地方。

但为什么现在不再是一片虚无了呢？

他想到了她躺在床上的身体。静止的眼睑下的眼睛。靠在枕头上的头。翘起的下巴温柔地挑衅着睡眠。然后是简。孩子和洋娃娃挤在一起，多么温暖。

莱尼觉得她们的生活既神奇又渺小。但是对他来说，这份渺小却比他想象不到的事物更有价值。一个由无数炎热与寒冷的碎片组成的宇宙。

他们毕竟是肉体凡身。他理解不了的事情永远不会比女儿的手抑或夜里枕头上妻子黑河般流淌的头发更重要。

24

莱尼举起手表。他能听到测量时间的弹簧、转轮和齿轮的声音——但实际上是在计算地球绕着人类曾视为神祇的那颗大火球转了几周。

现在快五点了。这只手表是瑞士制造的。为什么从来没人崇拜过时间？时间看起来足够重要，并且以不可见的方式存在着。也许时间是未来的上帝，莱尼想。时间是第一个非人形的上帝。一股静止却又运动的力量。

卡罗琳九年前给莱尼买了这块手表，在拉斯维加斯买的。他现在还记得她穿着华美的黑鞋子坐在骰子台上的样子。莱尼答应过母亲不赌博，所以他只是拿着一杯雪碧看着，那时他已经戒酒六个月了。

手气不错。

卡罗琳发出尖叫，每个人都看着他们。他们四目相对。

"我们在度蜜月。"卡罗琳对周围的人说，仿佛在试图解释她的好财运。

莱尼已经很久没有想起那次去拉斯维加斯的旅行了。但现在这是一段重要的回忆。这是他第一次确定地感受到另一个人的爱。

下午，莱尼让卡罗琳得到了她想要的三钻钻戒。卡罗琳问他想要什么，他说想文个文身，卡罗琳却给他买了块手表。莱尼不停地把表举到耳边听。

最后一天，他们看到了埃尔维斯教堂。

"我们再结一次婚吧,"他说道,然后举起手表,"我们有的是时间。"

这说法很蠢,但把她逗笑了。

莱尼坐在火堆前——这是宇宙中一粒发热的尘埃——他能感受到生命终结后他终将失去的幸福。记忆轰炸着他,仿佛试图找到重回这个世界的路。也许这就是鬼魂吧,他想,鬼魂是那些太过强烈从而挣脱束缚的感触。

25

该睡觉了。莱尼感觉眼皮越来越沉。他已准备好躺下,消失。

很快就要天亮了,现在似乎一切都明朗了。

传教士从杂志上断章取义,而卡罗琳母亲的短信说的是大雪。他们明天会醒来,继续他们的生活。

这是一个侥幸脱险的夜晚,莱尼对他所看到和感到的一切都心存感激。

一路从奥尔巴尼开车过来,卡罗琳觉得这种天气他们应该掉头回去。但大家都饿了,所以莱尼看到灯火便停下车,希望暴雪会在他们吃饭时变得小些。

饭馆有铝墙板和霓虹灯牌。店内灯火通明。有几张桌子上围坐着三两食客。女服务员把他们安排在一个座位已经磨破的隔间里。邻桌，一对老人正在喂小孙女吃饭。女孩的哥哥从一个洗干净的酸奶油盆里拿出蜡笔，给一只恐龙上色。柜台上方的电视机播放着《幸运轮》。其他食客让莱尼想起了他在西部的同胞：说笑，喝啤酒，文身，褪色的帽子。他们后面的隔间里坐着一个老人。老人移动时，莱尼感觉到他身体的重量。老人独自坐着，冲他在电视上看到的东西发笑。

然后简笑了，因为他们以为厨房里有只公鸡。但那其实是一扇咯吱作响的门。简试着去模仿那声音，一个缺牙的男人从柜台那儿转过身看着她，但并无恶意。他只是想参与这个玩笑。

外面，雪漫漶而下，堆积起来。

卡罗琳想要吃些甜的东西来收尾。她点了一大块椰子派，因为简说椰子派的糖霜里有棉花糖。叉子在简手上看起来很大。

几年前，卡罗琳和莱尼用一把遇上太烫的食物就会变色的塑料勺子喂简吃东西。简经常在食物快碰到嘴唇时才张口。坐在饭馆里的莱尼惊讶地想到，每个在这个星球上活过的人都曾张开嘴，接受一小匙好东西。

莱尼能听到背景中幸运轮在转动，人们大喊着，想让它加速或减速。

离开餐馆大约一个小时后,他们遇险。吃饱饭后卡罗琳径直睡了过去,简也差不多睡着了。

在距他们停车吃饭的地方以北三十英里的一条黑乎乎的路上,卡车车尾一直打滑。莱尼咒骂自己没在轮舱里放混凝土块或沙袋。

前灯结霜了,所以视野很差,然后突然远处出现一道亮光。起初,莱尼以为那是架直升机或塔上的山灯。光的位置太高了。

但后来光越来越近,越来越亮,越来越刺眼。

莱尼糊涂了。卡罗琳还在睡觉,简也在睡觉。光线径直冲向他们,仿佛想把他们吞噬。莱尼使劲握着方向盘,但不知道该往哪边打。灯光无处不在,吞噬一切。

下一刻他们到了路边。没有什么东西在动,除了摔碎在挡风玻璃上的雪花的细小骨架。那灯光不见了。除了发动机微弱的滴答声外,什么声音也没有。

莱尼感觉到心脏到了嗓子眼,剧烈地跳动着。卡罗琳还在睡觉,但简的眼睛睁开了。

爸爸,她说,我的爸爸。

这让他想起了简小的时候。简感到无助时,他会抱着女儿,像是抱着宝贝。

26

上楼睡觉前,莱尼还有一件事想做。于是他穿上所有的衣服,去前门口拿外套和靴子。有时在奥尔巴尼,他喜欢出门看看他们粉红色的房子,妻子和女儿在屋里睡觉、吃饭或看电视。

这让他感觉自己像个幽灵。尽管妻女以为家里只有她们两个人——他却在注视着,目光追着墙上的影子,捉住她们笑声的尾巴。

他走到这栋房子的远端,走到路上,没入黑暗。他停下脚步,回头看房子。雪上没有月光,树木投下暗影。

突然,一个黄色的正方形亮起。

莱尼停止了呼吸。有人在浴室里。

然后细微的响声传来,光线也随之消失……

他想到:幸福——也许不仅是幸福——甚至整个人生都可以通过一盏灯的打开来衡量。

这是一切美好事物的完美体现。

27

不久后黑色会慢慢消逝。

他知道这一点,他想上楼去。和她们在一起。但一时间,莱尼知道他不能上去,不能以那种方式和她们在一起。

那时正在下雪。

雪花从天上飘下,然后散开。莱尼闭上眼,躺在覆盖路面的冰上。卡车是僵固的,因为引擎从天黑起就熄火了。他躺在冰上,离卡车不远,但他碰不到车。什么也碰不到。

世界末日已经不重要了。

他在曾经空无一物的宇宙里找到了两个人。

他的生活大体上挺好。

对每个人而言,世界上都存在美好,这让他觉得上帝是纯粹的好,没有脸,没有身体,没有意志,没有规则和惩罚。

上帝是笑声。上帝在滑冰。上帝是漏气的车胎。是蓝色的防水布。是夏季的湖泊。命运在巧合中回眸。没有什么事是确定的。

28

好几个小时里,外科医生们都搞不明白为什么躺在手术台上的那个人没有死。鉴于他被发现时的状态,这一点叫人难以置信。他在山路上与一辆州政府的撒盐车迎面撞上。

医务人员在红雪的光晕中发现了他。但不知为何,他的心脏一直跳动着。车内有一名妇女,昏迷不醒,压在发动机下。

第三名受害者是一个小孩,一条救援犬在距撞车点五十码的地方嗅到了她的气味。她脸朝下躺着,股骨骨折,骨盆碎裂。

一名志愿消防员在残骸中发现了一个洋娃娃,还穿着连衣裙和溜冰鞋。他把洋娃娃带回车站,在水槽里仔细清洗。

目睹这一切后,其他人也不打算回家了。所以他们换下衣服,开着卡车去医院。

有些人信仰上帝,有些人不信。女孩正在手术,所以他们在外面等候,轮流抱着洋娃娃。

致　谢

作者想要感谢他的出版人及编辑帕特里克·诺兰,助理编辑马修·克里斯,文稿代理人及友人凯丽·卡尼亚。

《牺牲》首刊于《爱尔兰时报》。《绿毯子》的一个版本首刊于某期中文版《ELLE》。《搭便车》由英国广播公司委托创作并播出。《守门人》的某一版是受中文版《时尚芭莎》委托创作。

短经典精选系列

走在蓝色的田野上
〔爱尔兰〕克莱尔·吉根 著 马爱农 译

爱,始于冬季
〔英〕西蒙·范·布伊 著 刘文韵 译

爱情半夜餐
〔法〕米歇尔·图尼埃 著 姚梦颖 译

隐秘的幸福
〔巴西〕克拉丽丝·李斯佩克朵 著 闵雪飞 译

雨后
〔爱尔兰〕威廉·特雷弗 著 管舒宁 译

闯入者
〔日〕安部公房 著 伏怡琳 译

星期天
〔法〕伊莱娜·内米洛夫斯基 著 黄荭 译

二十一个故事
〔英〕格雷厄姆·格林 著 李晨 张颖 译

我们飞
〔瑞士〕彼得·施塔姆 著 苏晓琴 译

时光匆匆老去
〔意〕安东尼奥·塔布齐 著 沈萼梅 译

不中用的狗
〔德〕海因里希·伯尔 著 刁承俊 译

俄罗斯套娃
〔阿根廷〕比奥伊·卡萨雷斯 著 魏然 译

避暑
〔智利〕何塞·多诺索 著 赵德明 译

四先生
〔葡〕贡萨洛·曼努埃尔·塔瓦雷斯 著 金文彰 译

房间里的阿尔及尔女人
〔阿尔及利亚〕阿西娅·吉巴尔 著 黄旭颖 译

拳头
〔意〕彼得罗·格罗西 著 陈英 译

烧船
〔日〕宫本辉 著 信誉 译

吃鸟的女孩
〔阿根廷〕萨曼塔·施维伯林 著 姚云青 译

幻之光
〔日〕宫本辉 著 林青华 译

家庭纽带
〔巴西〕克拉丽丝·李斯佩克朵 著 闵雪飞 译

绕颈之物
〔尼日利亚〕奇玛曼达·恩戈兹·阿迪契 著 文敏 译

迷宫
〔俄罗斯〕柳德米拉·彼得鲁舍夫斯卡娅 著 路雪莹 译

奇山飘香
〔美〕罗伯特·奥伦·巴特勒 著 胡向华 译

大象
〔波兰〕斯瓦沃米尔·姆罗热克 著 茅银辉 易丽君 译

诗人继续沉默
〔以色列〕亚伯拉罕·耶霍舒亚 著 张洪凌 汪晓涛 译

狂野之夜：关于爱伦·坡、狄金森、马克·吐温、詹姆斯和海明威最后时日的故事（修订本）
〔美〕乔伊斯·卡罗尔·欧茨 著 樊维娜 译

父亲的眼泪
〔美〕约翰·厄普代克 著 陈新宇 译

回忆，扑克牌
〔日〕向田邦子 著 姚东敏 译

摸彩
〔美〕雪莉·杰克逊 著 孙仲旭 译

山区光棍
〔爱尔兰〕威廉·特雷弗 著 马爱农 译

格来利斯的遗产
〔爱尔兰〕威廉·特雷弗 著 杨凌峰 译

终场故事集
〔爱尔兰〕威廉·特雷弗 著 杨凌峰 译

令人反感的幸福
〔阿根廷〕吉列尔莫·马丁内斯 著 施杰 译

炽焰燃烧
〔美〕罗恩·拉什 著 姚人杰 译

美好的事物无法久存
〔美〕罗恩·拉什 著 周嘉宁 译

魔桶
〔美〕伯纳德·马拉默德 著 吕俊 译

当我们不再理解世界
〔智利〕本哈明·拉巴图特 著 施杰 译

海米的公牛
〔美〕拉尔夫·艾里森 著 张军 译

对不起,我在找陌生人
〔英〕缪丽尔·斯帕克 著 李静 译

爱因斯坦的怪兽
〔英〕马丁·艾米斯 著 肖一之 译

基顿小姐和其他野兽
〔安道尔〕特蕾莎·科隆 著 陈超慧 译

在陌生的花园里
〔瑞士〕彼得·施塔姆 著 陈巍 译

初恋总是诀恋
〔摩洛哥〕塔哈尔·本·杰伦 著 马宁 译

美好事物的忧伤
〔英〕西蒙·范·布伊 著 郭浩辰 译

一切破碎,一切成灰
〔美〕威尔斯·陶尔 著 陶立夏 译